二〇〇七年の春、フジテレビは次のような「千の風になって」体験・募集キャンペーンを行った。

あなたの〝千の風・体験〟、お寄せください。今、不思議な〝風〟が日本中を吹きわたり、感動の嵐をまきおこしています。「千の風になって」（日本語詞と作曲、新井 満）という歌です。大切な人を亡くし、絶望のどん底におとされた時、多くの人々は言います。

「この歌によって癒《いや》されました」

「悲しみをこえて生きる勇気と希望をもらいました……」と。

あなたはこの歌を、どんな時、どんなふうにお聴きになりましたか？　あなたとあなたの周囲で実際におこった、あなたの〝千の風・体験〟をお寄せください。皆さまと一緒に〝生と死と命〟について考えていきたいと思います。

募集要項

募集するのは、あなたの〝千の風・体験〟です。「千の風になって」という歌に癒されたという具体的なお話、ご自身の体験談や身近な方々のエピソードも含まれます。ただし、周囲の方々のお話の場合は、関係者の同意を得てからご応募ください。いただいたお話はドラマ化することがございます。文字数に制限はありませんが、後ほど詳細についてお伺いする場合がございます。お名前、性別、年齢、電話番号、住所、職業、メールアドレス（お持ちの場合）を明記のうえでご応募ください。宛先　〒119-0188　フジテレビ「千の風になって」係

募集を開始してから約一ヵ月間に寄せられた〝千の風・体験〟は、全部で三八八四通。主催者の予想をはるかに上まわる、驚くべき応募数だった。六月上旬、私は、脚本家の清水曙美さん、演出家の福本義人さん、番組制作プロデュ

ーサーの森川真行さん、そしてフジテレビ編成局の和田行さんと吉田豪さん、以上五名の皆さんと共に審査を行い、九州在住の四十代の男性、豊岡隆保さんが寄せてくれた体験記を第一席に選んだ。

それから二ヵ月後の八月三日（金）夜九時、豊岡さんの体験記は映像化され、ドキュメンタリー・ドラマ「千の風になって　家族へのラブレター」というタイトルでテレビ放映された。スキルス胃癌《がん》によって「余命三ヵ月」と宣告された、妻であり二児の母である主人公を演じたのは、黒木瞳さん。その夫役は、石黒賢さんが演じた。番組のテーマソング「千の風になって」を歌ったのは、テノール歌手の秋川雅史さんである。秋川さんは後に同曲によって、ＮＨＫ紅白歌合戦二年連続出場（二〇〇六年と二〇〇七年）をはたし、オリコン・チャート第一位とＣＤセールス百万枚突破の記録を樹立した。

あれから一年の歳月が流れた。

私はこのたび、扶桑社からの依頼で、フジテレビに寄せられた〝千の風・体験〟三八八四通の全てをもう一度読み返し、その中から六通の体験記を選び出した（六通の中には、テレビ放映された豊岡さんの体験記も含まれている）。

六人の方々の立場は、それぞれに異なる。一人の夫として、妻として、母として、娘として、自分が亡くした大切な人の思い出を切々とつづっている。涙なしには読むことのできない体験記ばかりである。

しかし、体験記の文章をそのまま掲載するのは、いかにも生々しい。そこで私は出版に際して、六人の方々の許諾と協力を得て、新たな取材とインタビューをさせていただくことにした。それは容易な作業ではない。そのようなデリケートな作業を、どなたにしてもらうべきか……。思案の末に私が白羽の矢を立てたのは、気鋭のフリー編集者であり、フリー・ライターでもある伊東ひとみさんであった。なぜかというと、これまで伊東さんは、限りある命をいかに生きるべきか、といったテーマの書物を数多く編集したり執筆したりしてきたからである。

伊東さんは、日本中にちらばる六人の方々を訪ね歩いた。そして喪失の悲しみにくれる六人の方々と、その悲しみを共有し、真摯《しんし》に向き合った。伊東さんの誠実であたたかな人柄から発せられる質問の数々は、六人の方々の胸を打ったにちがいない。六人の方々は、当時と現在の心境を素直に吐露してくれた。結果、体験記はすぐれて感動的な手記となってよみがえった。

六篇の手記には、共通するものがある。それはどの手記にも、故人に対する限りないオマージュと感謝、そして祈りが込められているということ。おそらく本書の読者の多くは、大切な人を失った方々であろう。そういう方々は、悲しみのあまり、〝死と同然の生〟をよぎなくされているにちがいない。つまり、生ける屍《しかばね》状態である。そのような状態からいかに脱出し、再生できるのか？　本書にはそのためのヒントが隠されている。たとえば本書には、こんな言葉が登場する。

「もうお母さんは、悲しみの涙は流さないようにするからね。陽子のために、精いっぱい生き抜くからね」

六篇に共通するものが、もう一つあった。それは、明るさである。涙をふいて立ち上がり、光を求めて伸びようとする〝向日葵《ひまわり》〟のような明るさである。あとに残された私たちの〝義務〟とは、精一杯生きることだと思う。故人の分まで、いのちを輝かせて明るく生きてあげることだと思う。それが故人に対する最大の供養ではなかろうか。

読者の皆さん、本書に収められた六篇の手記によって、どうか再生への第一歩を踏み出すきっかけをつかみとっていただきたい。

二〇〇八年　秋

監修　新井　満

英語原詩「千の風になって」

I am a thousand winds

Author Unknown

Do not stand at my grave and weep;
I am not there, I do not sleep.

I am a thousand winds that blow.
I am the diamond glints on snow.
I am the sunlight on ripened grain.
I am the gentle autumn's rain.

When you awaken in the morning's hush,
I am the swift uplifting rush
Of quiet birds in circled flight.
I am the soft stars that shine at night.

Do not stand at my grave and cry;
I am not there, I did not die.

日本語詩「千の風になって」

I am a thousand winds

作者不詳　日本語詩　新井 満

私のお墓の前で　泣かないでください
そこに私はいません　眠ってなんかいません
千の風に　千の風になって
あの大きな空を　吹きわたっています

秋には光になって　畑にふりそそぐ
冬はダイヤのように　きらめく雪になる
朝は鳥になって　あなたを目覚めさせる
夜は星になって　あなたを見守る

私のお墓の前で　泣かないでください
そこに私はいません　死んでなんかいません
千の風に　千の風になって
あの大きな空を　吹きわたっています

千の風に　千の風になって
あの　大きな空を　吹きわたっています

あの　大きな空を　吹きわたっています

わたしたちの千の風になって［もくじ］

病を抱える父を見捨てた母

——母に捨てられ、父を十三歳で亡くして

磯野和美（仮名・三十六歳）

◆千の風になって

十歳で母に捨てられ、十三歳で父を亡くし、十五歳から水商売をして働いて必死に生きてきました。

「大変だったね。苦労したね」

私の過去を話すと、決まってそう言われます。

辛くなかった、と言えば、嘘になります。

「どうして助けてくれないの？　なんで手を差し伸べてくれないの？」

父のお墓に行っては、何度泣いたかしれません。

「一人でこんなに苦労しているのに、どうして力になってくれないの？」

苦しいとき、悲しいとき、どうしていいかわからないとき、お墓の前で父を責め立てるように訴えたことも、どれだけあったことでしょう。

どんなときにも一人で闘ってきた。倒れても、倒れても、一人で立ち上がってきた。

私は、そう、うぬぼれていました。人に何かしてもらっても、私はかわいそうな子だから当たり前、と甘えていました。けなげにふるまっていても、心の中では長いこと、自分の境遇を恨み、誰も助けてくれないと人を恨んでもいました。

だけど、そうじゃなかったのですよね。

私のお墓の前で　泣かないでください
そこに私はいません　眠ってなんかいません
千の風に　千の風になって
あの大きな空を　吹きわたっています

そうなんだ。そうなんだよね。お父さんは、お墓で眠ってなんかいない。千の風になって、泣いている私の頭をそっとなでてくれていたんだね。昔みたいに。

私が辛くて苦しくて前に一歩も進めなくなったとき、自分一人じゃ乗り越えられないと思って泣いていたとき、千の風になって、そっと背中を押してくれていたんだよね。和美、進みなさいって。

いつも私が転んだとき差し伸べてくれていた大きな温かい手にふれることはできないけど、転んでも、転んでも、自分の足で立ち上がれるように、また一歩踏み出せるように、千の風になって支えてくれていたんだね。

　夜は星になって　あなたを見守る

悲しくて涙がこぼれて、でも誰もいなくて、切なくて孤独で……。そんなときも、見上げた空に光っていた星から、私に光を与えてくれていたんだね。

お父さんが夜空から、大きな空から、光を照らしてくれていたから、私、道を間違わずに歩いてくることができたんだね。

書店で『千の風になって』の絵本を手にし、初めて詩を目にしたとき、強がっていた心がほどけていくのがわかりました。

父のことだけではありません。誰も助けてくれないと思っていたけれど、それは私が素直に人の厚意を受け入れられなかっただけ。本当に多くの人に助けられ、支えられて生きていたのです。

今まで、たくさんの人に助けてもらった。なのに、私は、それに気づかず、たくさんの人を傷つけてきた。ちゃんとしなきゃいけない。これからはちゃんと生きていこう。素直にそう思えました。

そんな私の目に飛び込んできたのが、フジテレビの「千の風になってプロジェクト」の体験募集の告知。何かに突き動かされるように、一日、仕事の休みをもらって、夢中で自分の体験を書いていました——。

◆大好きな父の発病

私は、長距離トラックの運転手をしていた父と専業主婦の母の長女として、一九七二年一月に生まれました。父方、母方ともに初めての孫。親戚の中でも幼子がいなかったので、両親はもとより親戚中の愛情を一身に受けて育ちました。

生まれたときには庭に桃の木を植えてもらい、初節句には八段飾りの雛《ひな》人形を買ってもらいました。三歳になった頃から、父のトラックの助手席は私の指定席。父は私のためにトラックの後部座席をベッドに改装して、仕事にも連れて行ってくれました。

幼少時代の思い出には、温かで幸せな日々しか思い浮かんできません。

明るくて、面倒見がよくて、家族を何よりも大切にしていた父でした。私たち家族も、そのことを十分に感じていました。でも、母は……。私が六歳のときに妹が生まれ、その二年後にもう一人、妹ができた頃から、母は変わり始めました。

それまではのんびり子育てをして、長距離運転手だった父の不在も苦ではなさそうだった母でしたが、父不在での三人の子育ては、裕福な家の一人娘として育ってきた母には過酷だったのでしょうか。この頃から母は、「あー、もう、こんな家出て行きたい」と口癖のように叫ぶようになりました。

仕事で県外に出かけている父が浮気しているのではないかと疑い、新幹線で追いかけていったこともありました。一度など、私たち子供を連れて特急列車で父を追いかけ、列車の中から路上で仮眠中の父を見つけて「降ろして！」と車掌さんに懇願し、線路の上を歩いたような記憶があります。そんなこと、今考えるとありえない話。子供心に作りだした幻想だったのかもしれません。でも、私の心の奥にそんな記憶が残っています。

母は変わりました。すべて手作りだった私たちの服は既製品に替わり、父の浮気を疑って父の洋服を子供たちの前ですべて切り刻んだり、父の実家に夜中に押しかけて、父の浮気を祖父母に問いただしたり……。子供の目から見ても、狂っているように見えました。

小学三年生の夏のことです。親戚みんなで海水浴に行きました。家族五人、そして父方の祖父母や父の姉家族も一緒で、みんなで楽しい一日を過ごしました。父は、母との溝を埋めようとしていたのかもしれません。

父は、私と従姉妹をゴムボートに乗せて沖まで連れていってくれました。はしゃぐ私たちを、父は嬉しそうに笑って見つめていました。青い空、まばゆい太陽、キラキラと輝く波、父の笑顔。今も、目を閉じれば、あの夏の日がまぶたに浮かんできます。けれど、私のこのうえもなく幸せな時間は、ここで止まってしまいました。

「ツッ！」

ゴムボートを引っ張っていた父が、声を上げました。貝で足を切ってしまったのです。ボートの上からも、波に漂う父の流血がはっきりわかりました。海中にいた父の周りの水が赤く染まっていました。

その流血は、看護師だった伯母が止血しても止まりません。

「ちょっと切っただけだから。平気だよ」

父は明るくふるまっていましたが、念のため、自分で車を運転して私を連れて病院へ向かいました。その間も、父の左足に巻かれたビニール袋にどんどんたまっていく血。幼い私はそれをどうすることもできず、不安におののきながらただ黙って見ているしかありませんでした。

病院に着き、父が診察を受けると、すぐに海水浴場に残っていた家族が呼ばれました。そして、医者に告げられました。

慢性骨髄性白血病……。余命三年。

当時の医学では、治療法がない不治の病でした。私は八歳、妹たちは二歳と零歳。私の闘いは、このときから始まったような気がします。

病気や余命のことは父には伏せました。医者の宣告を聞いた私も、けっして言わないよう念を押されました。

◆母の出奔

父の病気がわかってすぐのこと。父方の親戚が、残されることになる三人の子供の身を案じて、お金を出し合って母に焼鳥屋を持たせてくれました。母が一人になっても三人の子供を育てられるように、という気遣いからのこと。そんな事情を知らない父でしたが、長年、長距離トラックに乗っていて、腰を痛めていたこともあって、トラック運転手を辞め、両親は二人で焼鳥屋を始めました。

それからの父と母は落ち着いているように見えました。父も疲れやすくはなったものの、体調に変化はなく、ふたたび幸せな日々が戻ってきたように思えました。けれど、そんな平穏な暮らしはあっけなく崩れ去ってしまいました。

店が軌道に乗り始めた春休み。私たち姉妹は祖父母に連れられて、遠くに住む親戚の家に旅行に行きました。帰ってみると、家から母の姿が消えていたのです。

「お母さんは?」

そう尋ねた私に、祖母から思いもよらない答えが返ってきました。

「男と出て行ったんよ。でも下の二人には入院してるって言ってあるからね」

母は離婚届けと置手紙を残して、家を出て行ってしまったのです。余命いくばくもない父と三人の幼子を置き去りにして……。私が十歳、もうじき小学五年生になる春のことです。妹は四歳と二歳でした。

もっとも、これは祖母から聞いた話で、父は、母が男の人と家出したことを私にもひた隠しにしていました。

母が去り、家族の日常だけでなく店の事情も一転しました。もともと、焼鳥屋の店舗は、母の実家が営んでいた食堂を買い取ったもの。母方の家族が、その売ったはずの店を取り返しにきたのです。母の兄は、税理士、司法書士でした。身内だからということで曖昧《あいまい》になっていたことを理由に契約不履行を言ってきました。

立ち退《の》き要求にくる、見るからに怖そうな男の人たち。難しい法律用語。それまで内容証明など見たこともなかった父は、病気の身体をおして闘っていました。病気の身体で必死に頑張ってくれました。

その年のクリスマス、母から私たち姉妹にクリスマスプレゼントが届きました。顔を輝かせて大喜びする妹たちの横で、私は複雑な思いでプレゼントを手にしました。その光景を父はどんなに辛い気持ちで目にしたことでしょう。

その後、消印を頼りに、父は、ほかの男と逃げていった母を捜しに行きました。そして、何日もかけて母の住んでいるマンションを見つけだし、母に頭を下げて子供たちのために戻ってきてくれるよう、懇願した父。でも、母は戻ってくるとは言いませんでした。

もう精も根も尽き果てたのでしょう。父は店を手放し、入院しました。入院した父は、みるみる病状が悪化していきました。私たちは、それまで住んでいた団地を出て、父方の祖父母のところへ移り住みました。ただ、祖父は事故で骨髄を損傷したせいで手足が不自由でした。息子である父の看護に夫の世話、そして幼子の子育て、すべてが年老いた祖母にのしかかることになりました。そんな祖母の負担を思い、父は一番下の三歳の妹を遠くに住む伯母に託すことに決めました。

末の妹が引き取られていく日、父は一時退院をし、連れ立って歩いていた私に、つぶやくようにこう言いました。

「和美、お母さんは、本当は入院してないんよ。もう戻ってこないんよ……」

「そうなん?」

私は知らないふりをして、黙って父の話を聞きました。

妹を見送る新幹線のホーム――。何も知らない幼い妹は、父と私が一緒に新幹線に乗らないのをキョトンとして見ていました。

どうか幸せにと、必死に手を振る私と父を、ビックリしたように見つめていた純粋無垢《むく》な瞳。鮮明に焼き付いている、あのときのあの子の顔。その顔を思い出すと、今も心が痛みます。

これが、末の妹と父との最後の別れとなりました。

◆父の最期

父の入院している病院は完全看護でしたが、どんどん病状が悪化する父の容体を案じた主治医の先生から、急変したときにすぐ駆けつけられるよう、なるべく近くに住むほうがいいと提案されました。ちょうど私が小学校を卒業する年で、病院の近くに転居して、その学区の中学校に入学することになりました。二番目の妹も、そこの小学校に入学しました。

卒業式と入学式には父は外出を許され、きちんとスーツを着て出席してくれました。かっこよくて私の自慢だったお父さん。父は痩《や》せこけた頬《ほほ》に空気を入れ、頬を膨らませて私や妹と写真に写ってくれました。あのとき、からめた父の腕は、とても温かかった。父はにっこり笑って、優しく私たちを抱きしめてくれました。

その後ほどなく、父は寝たきりになってしまいました。中学に入学した私は、部活が終わると、毎日必ず父の病院へ通いました。

ある日、私は部活を休んで、父の好きだったパン屋さんまで一時間かけて自転車を飛ばし、パンを買ってお見舞いに行きました。父は大げさに喜んでくれました。

じつはその前日、食の細くなった父が、ところてんが食べたいと言っていたので、スーパーでところてんを買って行ったのです。

ところが、

「こんなん、どうやって開けるんだ！」

父は私にところてんを投げつけました。

ところてんの開け口は二重になっていて、手では開かなかったのです。優しかった父、私を誰よりも愛して信じてくれていた父、それなのに病気は残酷です。

でも、父がそれを後悔していることは私にもわかっていました。だから、翌日はパンを買っていったのです。それを受け止めて大げさに喜んでくれた父の優しさが嬉しかった。

「明日もメロンパン買ってくるからね」

「おお！」

そう言葉を交わして、いつものように帰ろうとしました。

でも、なぜか、その日は病室を去りがたく、父の方を何度も何度も振り返りました。後ろ髪を引かれる思いというのでしょうか。生まれて初めての感覚でした。

立ち止まっては振り返り、また歩いては戻り、眠りにつこうとしていた父に、呼びかけました。

「お父さん」

「ん？」

いつもどおりに父はそう言ってくれました。私が呼びかけると、いつも、「ん？」と答えてくれた父。私の大好きだった、優しさに満ちた響きです。

そして……これが、私と父の最後の会話となりました。

この日、自宅には、末の妹も伯母に連れられて戻ってきていました。久々の再会にはしゃぎ疲れ、眠ってしまった妹たち。私も眠りにつこうとした夜九時頃です。けたたましく電話が鳴り、私だけ病院に来るようにいわれました。

眠っている妹たちを残し、新しい筆箱を買おうと貯めていた五百円を握りしめて病院へ向かいました。妹たちには父の笑顔だけ覚えておいてほしかった。壮絶であろう父の最期は長女の役目として私が看取《みと》ろう。そう思いました。

病院に着くと、父はビニールが張られたテントのような中にいました。父は朦朧《もうろう》とした意識の中、先生の白衣をぎゅっと掴《つか》んでいました。

「まだ死ねんのです。助けてください。まだ死ねんのです」

私が聞いた父の最後の言葉です。

身体中の穴という穴から血が噴き出ていました。

「十一時四分、ご臨終です」

「お父さん、闘って喉《のど》が渇いとうよ。お水、あんたが飲ませてやりなさい」

伯母の言葉が今でも胸に迫ってきます。でも、私は……私は、父の死に水を取ってあげることができませんでした。

どうしよう。私たち、これからどうしよう……。私は十三歳。妹たちはまだ七歳と五歳。不安で、心細くて、寂しくて、頭が真っ白になって、その場にいることすらできなかったのです。

ふらふらと外に出ました。涙で見上げた空には、満天の星が輝いていました。

星が大好きだったお父さん――。

「星がキラッと光ったときは、和美はまだ生まれていなかったんだよ。星は遠くにあるから、その光は何年もかけて和美の目に届いているんだよ」

元気だった時分に、そう教えてくれたのを思い出しました。

この光が宇宙を旅していた頃は、まだお父さんは元気だったんだろうな……。道路にうつ伏せになって泣きました。

そんな私のところに父の最期を看取った先生が来て、声をかけてくれました。

「お父さんね、『和美ありがとう』って最後に言っていたよ。毎日よく頑張ったね」

今思うと、あの状況で、そんな言葉が言えたかどうか。でも、先生から聞いた、父のその言葉は、私の宝物。それからの過酷な日々を支えてくれた大切な言葉です。

◆邪魔な子

父が帰らぬ人となって、私と二番目の妹は、父方の祖父母のもとに引き取られました。祖母にとっては、愛して止《や》まなかった息子の死。その最期をめちゃくちゃにしたた女の子供を育てる葛藤。複雑な思いがあったと思います。しかも、身体の不自由な祖父の世話もあり、祖母本人も高齢です。一年ほどして、私たちは施設に預けられました。

　私は中学二年生、妹は小学二年生でした。施設が嫌で、嫌で、何度も逃亡を計っては連れ戻されるという繰り返し。まだ子供だった私は祖母の苦労も顧みず、施設から出してほしいと懇願する手紙を書きました。

「ぜったい、いい子にするから。お願いだから、おうちに戻して。どうかお願い！」

　祖母は、周りの反対を押し切って私たちを施設から出してくれました。ところがその直後、祖母が倒れました。脳内出血でした。

　以来、祖母は寝たきりになってしまいました。私のせいだ。自分を責め、親戚からも責められているような気がしました。

　そして、祖母が倒れたことで、私たちの世話は、身体の不自由な祖父の肩にかかることになりました。

　祖父も、私たちのために毎月積立貯金をしてくれたり、私の高校進学を応援してくれたり、大事にしてくれて、一生懸命面倒をみてくれました。しかし、ままならない手足をおしての慣れない孫の世話。憎んでも憎みきれない母の記憶。祖父も葛藤をかかえ、苛立《いらだ》っていました。

そんなとき、母から電話がかかってきたのです。

「一緒に暮らそう」

祖父との不自由な暮らしから逃げだしたい。祖母を寝たきりにさせてしまった責任から逃れたい。みんなのように、「おかあさん」と呼んで甘えたい。私の中学卒業を待って、私と妹は母のもとへ行くことにしました。

母は迎えには来ませんでした。

「タクシーで来なさい」

母にそう言われるまま、タクシーに乗って、感謝の言葉も満足に言わずに祖父母の家をあとにしました。それが、どんなに恩知らずなことかもわからず……。母からは、祖父母へのお礼のひと言も、末の妹をわが子のように育ててくれている伯母への挨拶《あいさつ》もありませんでした。

母は一人で暮らしていました。今にして思えば、母は男に捨てられたのでしょう。アパートを借り、パートをしながら私たちを育ててくれました。

ただ、それも、ほんのわずかな時間でした。半年がたった頃、母に新しい男性ができました。山田さん（仮名）は、私たちのことも可愛《かわい》がってくれました。旅行にも連れて行ってくれました。でも、しばらくして母は家に戻らなくなってしまいました。あとで聞いたところによると、母は山田さんには、私たちは祖父母のもとに帰ったと説明していたそうです。

◆十五歳の苦悩

また私たちは、母に捨てられてしまいました。

なんとか生きていかなければ……。十五歳の私はバイトを始めました。妹はまだ小学校四年生。妹を育てるために、通っていた高校も辞めました。

けれど、十五歳の子供が稼ぐお金では、家を維持することなど到底できるはずもありません。電気が止まり、ガス、水道も止まりました。

「ごめんね、ごめんね。こんなこと、したくないんだけどね。ごめんね」

申し訳なさそうにそう言う水道局の人に対応したのは、小学四年生の幼い妹でした。

公園に水を汲《く》みに行っていたのも、妹。家の鍵を家賃延滞のために取り換えられ、家に入れないようにされてしまったとき、窓枠を外して出入りできるようにしたのも、真っ暗な部屋で、一人で私の帰りを待っていた妹でした。

この子のために、と必死に働きましたが、追い詰められていくばかりでした。

ある日、バイトから帰ってみると、ロウソクの明かりの中で妹が小さくうずくまっていました。バターの箱を手にして……。ひもじさのあまり、妹はバターを舐《な》めていたのです。

「姉ちゃん、おなかすいた」

もうダメ……。その姿を目にして、私はふたたび祖父のところへ妹を預ける決心をしました。

妹が歓迎されないのは、わかっていました。

病気の父を絶望の底に突き落とした母。それなのに、父の死後、その母を慕って母のもとへ行ってしまった私たち姉妹。

「あの女の子供」

と、祖父母や親戚からうとましく思われるのは仕方のないことだったと思います。

それでもとにかく妹を預かってはもらえました。でも、どんなに肩身の狭い思いをしているだろうと思うと、いてもたってもいられませんでした。

お金をためて、一刻も早く妹を引き取ろう。その一心で、私は水商売を始めました。バブル絶頂の夜の街。私が十五歳であろうがなかろうが、そんなことは大人たちにはどうでもいいようでした。

初めて見るクラブは華やかな世界でした。けれども、妹のことが頭から離れたことはありませんでした。十六歳になり、顧客も増えた私にママが家を借りてくれました。貯金もできました。

これで妹を迎えに行ける。そう思って、どんなに嬉しかったか。でも、二年という時間は妹には長すぎました。妹は辛い環境に心がすさみ、児童相談所に入れられていたのです。

「引き取りたい」

申し出ましたが、聞き入れられませんでした。私自身が未成年だったことも一因でしたが、何より、当の妹に拒まれてしまったからです。

「姉ちゃんのところへは行きたくない」

結局、妹は小学六年生のとき、末の妹を育ててくれている伯母のところへ行ってしまいました。

私はたった一人になってしまいました。

夢も希望もなくなり、荒れました。

私を捨てた母への仕返しのように自分の身体をいたぶりました。

でも、私が荒れようが何をしようが咎《とが》めてくれる人はいませんでした。

悪いことをして警察に捕まっても、私の境遇を話すと、同情され、簡単に帰してもらえました。

誰か止めて……。そう思っても、誰も止めてくれる人はいませんでした。

バブル時代の水商売。お金だけは腐るほど持っていました。

◆自分の居場所

悪い仲間と付き合って、悪いこともたくさんしました。悪いことをしていると、何もかも忘れられたから。

そんな自暴自棄になっていた私でしたが、通っていた定時制高校だけは卒業しました。一緒に入ったヤンキー仲間は十二人。ですが、一年もたたないうちに一人抜け、二人抜け、卒業できたのは仲間の中で私一人だけでした。

初めて味わう達成感。不思議なことに、卒業式の次の日から、誘惑に心を奪われなくなっていました。

それまで、何ひとつ最後までやり遂げたことはありませんでした。妹のことも中途半端。お父さんの死に水も取れなかった。何もかも中途半端だった私が、初めてやり遂げたのが、定時制を卒業したことだったのです。

私、やれるんじゃないか。そんな自信のようなものが少しだけ私の中で芽生えてきました。


そして、二十歳になった頃、妊娠しました。

当時はまだ結婚していませんでしたから迷いましたが、安住の地がほしかった。私がいても邪魔にならない場所がほしかった……。私は、産む決心をしました。

臨月となっていた二十一歳の七月十七日、定期健診に行くと、

「心音が低下しています。胎児仮死の疑いがあります」

と言われ、私はすぐ手術室へ運ばれました。

帝王切開での出産。

娘は無事でした！　娘は二一九〇グラムで無事に誕生しました。

この子が、私の人生を変えてくれました。

私は初めて、誰かにとって必要な人間になったのです。

その後、結婚もし、私にも安心していることができる場所ができました。この場所に私がいないと、みんなで捜してくれる。そんな場所ができたのです。私は、いなければいけない存在になれたのです。

誰かに必要とされることって、こんなに幸せなことなんだ。忘れかけていたその幸せを、娘に与えてもらったのです。

娘が生まれて半年が過ぎた頃、朝、なにげなくテレビをつけると、阪神淡路大震災の地獄絵図がテレビに映りました。

「兵庫県で……」

妹たちが住んでいるところです。私は疎遠になっていた伯母の家へ電話をかけました。お昼頃、やっとつながり、家はむちゃくちゃだけれど家族は無事と聞き、安堵《あんど》したのもつかのま。二番目の妹の消息がわかりません。

「和子は？」

「和子は一人暮らしをしてて、連絡がとれへん。今、仕事場のほうに連絡してる」

十五歳になった和子は、伯母の援助で美容学校を卒業し、美容師を目指して美容院で働いていると聞きました。

夕方になって、ようやく和子と連絡がとれ、私の長かった一日は終わりました。

和子と久々にいろんな話をしました。少しずつわだかまりが解け、震災後の兵庫から私のところに戻りたいと言ってくれました。

こうして和子が、やっと私のもとに戻ってきてくれました。

娘も順調に成長して、私は幸せでした。

◆母との再会

そんなとき、また母が現れました。私が二十三歳、和子が十七歳のときのことです。母は、一緒に出て行った山田さんと結婚していましたが、彼に女性ができたらしく、私たちの前に現れて彼の悪口を言い募りました。

母は病気でした。リュウマチでした。綺麗《きれい》だった母は、見る影もなく、薬の後遺症でパンパンになった身体、曲がった指。もはや、私が知っている母の姿はそこにはありませんでした。

母はもう、私たちと暮らしたいとは言いませんでした。ただ、母とはちょくちょく会うようにはなりました。

でも、それは表面的な付き合い。私はどうしても、母を心から許すことができないでいたのです。どうして私たちを捨てたのか尋ねることもできず、ただ表面的に母子を演じていたのだと思います。

なのに、母から誘われればドライブにも行くし、連絡が入れば電話もする。血って汚い……。そんなふうに感じていました。

二人目の子供を身ごもっていたとき、私は流産しそうになったことがありました。私は、その頃にはもう水商売から足を洗い、車関係の会社に勤めていました。そんな関係で母に頼まれ、その日は母の車を車検に出すことになっていました。

「先生がじっとしてなきゃいけんって言うから、車検は今度にしていい？」

そう電話した私に母がぶつけてきたのは、怒りの言葉でした。

「あんたが今日って言ったから、予定を開けてたのに！　約束したでしょ！」

母の口から、いたわりの言葉はついに出ませんでした。

「この人……お母さんじゃない……」

そのとき、私の中で何かが終わりました。

完全に母との絆《きずな》が切れた気がしました。

以来、母との距離は遠くなる一方でした。

そんなある日、私が無事に男の子を出産して退院してまもなくのことです。山田さんから連絡がありました。

「病院に来てほしい」

病院に着くと先生に告げられました。

「お母さんはもう長くありません。会わせたい人を呼んでください」

先生の言葉に、私は思わず声を上げていました。

「私たち、お母さんに捨てられたんです。お母さんが、どうして私たちを捨てたのかまだ聞いていません。私は長女なんです。過酷ななかで生きてきた妹たちに長女の役目として伝えないといけないんです」

先生に訴えたところで、なんの答えも見つからないことはわかっていました。死にゆく母親に聞けないことも、私自分がいちばんわかっていました。でも、そう叫ばずにはいられませんでした。

病室の母は、衰弱しきって、息をするのがやっとのようでした。

「和美ちゃん、お母さんが死んだらね……、お母さんが死んだら……」

そのあとは聞き取れませんでした。

でも、「献体」――そう言ったと思いました。母は、私に幾度となく、「私が死んだら、私の身体を献体に出して」と言っていたからです。

◆母の死と献体

母は、危篤状態でした。それにもかかわらず、私は、母を病室に残して家へ帰りました。どうしてだかわかりません。母のそばに残ると言っていた妹を強引に引きはがし、夫と子供を連れて家へ帰ってしまいました。

翌朝、山田さんからの電話で、母が息を引き取ったことを知らされました。

その報《しら》せを聞いて、私は化粧を始めました。こんなとき、ふつうは一刻も早く行かなければと思うにちがいありません。横では妹がボロボロ泣いていました。夫にもせかされました。それでも、私は三十分かけて完璧に化粧をしてから母のもとへ行きました。

そして、山田さんに宣言しました。

「お母さんを献体に出します」

山田さんは、母を自分のお墓に入れたい、お葬式も自分があげたい、と土下座して懇願しました。母の身体を切り刻まないでくれ、それだけはやめてくれ、と。

山田さんだけではありません。妹も、ほかの家族も、みんなが反対していました。けれど、私は必死になって献体できる病院を探しました。そして反対を押し切って、一人で病院に連絡し、母の遺体を引き取りにきてもらったのです。

あっけなく、本当にあっけなく、母は運ばれていきました。

献体というのは、遺族の目には、本当に驚くほどの速さで、あっという間に運ばれていくように見えました。白衣に身を包んだ人たちがやってきて、丁重ではあるけれど流れ作業のようにワゴン車に乗せられ運ばれていく母の姿を見て、私は自分がしてしまったことの重大さを思い知りました。自分が選んだことがどんなに大きなことか実感しました。


人間が生きてきた最期の時は、本人にとっても、残された家族にとっても、大切な瞬間です。なのに、私は、なんてことをしてしまったんだろう。たしかに、母は生前、「献体」を口にし、「私が死んだら献体に出してください」と書いた厚紙をいつもポケットに入れていました。とはいえ、私はそのことを母と話し合ったことは一度もなく、母の真意を考えたこともありませんでした。それなのに、あんな形で献体に出すなんて……。苦しいです。


なぜ、母の遺体を献体に出してしまったのでしょう。

恨んでいたのでしょうか。許せなかったのでしょうか。恨んでいるつもりはありませんでした。でも、いくら医学的に意義のあることであっても、母の意思を確認しないまま、あれだけの猛反対を押し切って、強引に献体してしまったのです。やはり恨んでいたのでしょうか。なぜ……。わかりません。

私は、また闘わなければならなくなりました。

◆今を生きる

父の死後、人間として生きるために必死で闘ってきました。

母の死後、まだ私は苦しんでいました。どうして、自分があんなことをしてしまったのか。後悔にさいなまれてきました。

これまで、友人や知人に悩みを相談されると、

「辛いねー。だけど、ウチなんてもっとすごいんだから。運動会だって、みんながお母さんの愛情弁当を家族で楽しそうに食べている横で、一人ぽつんとパンを食べなきゃならない。それが嫌で、隠れて食べられる場所を探して、探して。でも、なかなか見つけられなくてね。トイレで食べたこともあるんよ」

など、自分の過去の境遇を隠さずに話してきました。

世間では、虐待や捨て子のニュースが毎日のように報じられていますが、捨てられた子供たちのその後は報じられず闇の中。でも捨てられた子供の闘いは、その子が死ぬまで続きます。私はその闘いを続けてきました。

だから、恵まれない環境や辛い状況にある人に私自身の過去を話すことで励ますことができたら、という思いから、積極的に話をしてきました。

でも、母を献体に出してしまったことだけは、どうしても人に話すことはできませんでした。

それが、こうして体験を書くことではじめて、封印してきた自分の過去とも正面から向き合うことができました。

書けば書くほど、過去を振り返れば振り返るほど、自分の中で気持ちがまとまってくるのがわかりました。私の中でわだかまっていた何か、恨みや不満、悔しさなどが少しずつ浄化していくようでした。

私は一人ではなかったんだ。心から思えました。

お父さん、お父さん――何度呼んでも、もう、「ん？」って振り返ってはくれないけれど、お父さんはいつも一緒にいてくれていたんだね。

お父さん、私、話したいことがたくさんあったよ。自分じゃ乗り越えられないって思ったことが何度もあったの。でも、乗り越えてここまで生きてこられたのは、お父さんが見守ってくれていたからなんだね。

お父さん、私、もういいよね。

お父さんをあんなに苦しめたお母さんのところに行って、また捨てられたのにそれでも平気な顔をして付き合って、お父さんが嫌いだった水商売もして……。でも、もういいよね。もう背負ってきたものを降ろしていいよね。

天国でお父さんと会ったときに、「和美ありがとう」って本当に言ってもらえるように、これから生きていければいいよね。

いろんなことがあったけど、私、お父さんの子供に生まれてよかったと、心から思っています。私のこの人生でよかったって、思っています。

お父さん、私は今、幸せです。私は三十六歳、妹たちは三十歳と二十八歳になりました。二番目の和子は地方の工場に住み込みで働きに行って資金を貯め、「プロのダイバーになって、パラオに永住する」と言って、先頃パラオに旅立ちました。和子も、たくさんの人に支えられながら、自分の力で夢に向かって一生懸命生きています。一番下の妹は、伯母のもとで立派に成人して、今では結婚もして三人の子供のお母さんです。私も三人の子供がいます。夫が与えてくれた居場所で幸せに暮らしています。

私が献体に出してしまったお母さんは、山田さんのもとに帰ってきたそうです。私がこの手記を書くことに決めた前日に、山田さんから連絡をもらい、荼毘《だび》に付してお葬式をあげたと聞きました。

お父さんが守ってくれている三人の娘たちは、みんな幸せですよ。


ありがとう、お父さん。

そして、お母さん、ごめんなさい。

楽しい思い出もあったのに……。お母さん、本当にごめんね。
人の親になって初めて、少しだけ、お母さんの気持ちがわかった気がします。お母さんが、どうして私たちを置いていってしまったのか、今はもうわからないけど、きっと、きっと私たちを支えてくれているんだよね。お母さんも、千の風になって、私を支えてくれているんだよね。そう思って生きていこう。

千の風になって……。
千の風になって……。

そうなんだよね、お父さん。

天国のお父さんから届いた手紙

――がんで逝《い》った、バスケットボール部顧問だった父

野村 愛（仮名・二十七歳）

◆初めて見る父の涙

私のお墓の前で　泣かないでください
そこに私はいません　眠ってなんかいません
千の風に　千の風になって
あの大きな空を　吹きわたっています

私は、この歌を聞くたびに涙が止まらなくなります。父はがんになり、一九九九年に四十六歳で他界しました。兄が二十歳、私が十八歳でした。その日は三月一日。私の卒業式でした。

私の父は本当に元気で、風邪もほとんどひいたことがなく、もちろん大きな病気や入院は一度もありませんでした。

ところが、母方の祖父のお通夜の日。そんな父が、頭が割れるように痛いと訴えました。母がずっと看病していた大事な祖父のお通夜。それなのに、弔問客の応対もせず、祖父の家の二階に上がって休んでしまうほど痛がったのです。

ふだんから頭痛持ちだった父ですが、その痛みは尋常ではありませんでした。耳に水が入ったような感じがするというので、翌日、近所の耳鼻咽喉科へ行きました。

すると、レントゲンを撮ったら鼻の奥に影があるので、大きな病院で診てもらったほうがいいと、先生に紹介状を渡されました。

父は自分の病状が気になったのでしょう。母と私が家を留守にしていた間に、封をしてあった紹介状を開け、本屋さんに行って、カルテにドイツ語で書かれている単語を辞書で調べ、悪性であることを知ってしまったのです。

私たちが帰ると、父は真っ暗な部屋で声を上げて泣いていました。

「俺は治らない！　目が見えなくなる！　死ぬんだ……」

父の涙を見たのは、これが初めてでした。

人間、誰しも、本当のことがわかった瞬間は、身体の力が抜けてしまいます。そして、次に襲ってくるのはとてつもない恐怖と孤独。父の気持ちを考えると、本当に怖かったと思います。絶望で心が張り裂けそうだったにちがいありません。

「俺はもう治らん。もう死ぬんだ」

「お父さん、そんなことないわよ。大丈夫よ、きっと大丈夫だから……」

そう言っている母も、涙で声にならないほどでした。

私はといえば、初めて目にした父の涙と、両親の動転した様子に動揺するばかり。その状況をどう受け止めたらいいのか、それもわからず、ただただ呆然《ぼうぜん》と立ち尽くしているだけでした。

そして、検査結果を聞きに行った日。

「ちゃんと治りますよ。治療は必要ですが、ぜったい治りますから。心配しないで大丈夫ですよ」

先生はそう言ってくれました。その結果を聞いて、病院の帰り道、父は心から嬉しそうな顔をして喜んでいました。

「あー、よかった、よかった。治るって！」

「うん！　ほんとによかったね！　ホッとしたね」

高校の授業を午前中休んで、一緒に病院に付いて行っていた私も、父が治ると聞いて、すごく嬉しくて父と一緒に大喜びしていました。

母も喜んでいました。でも母は、その笑顔の下に不安を隠していたのでした。

じつは、父は、中学生の頃からバスケットボールをしていて、会社のバスケットボール部に所属するかたわら、二十年近く地元大学の医学部のバスケットボール部も教えていました。そのため、あちこちに教え子のお医者さまがいて、検査をした病院にも教え子がいました。父が激しく動揺する姿を見た母は、先生に連絡をとり、結果がよくても悪くても治療したら治ると言ってください、と頼んでいたのでした。

本当に治るのか、それとも頼みに応えて話を合わせてくれただけなのか。あらためて母が先生に確認すると、実際には悪性の腫瘍《しゅよう》がいくつかあったようです。

父の病状を知った地元の大学病院の教え子の医師たちが、

「野村さんは僕たちが治したい！　大学病院で治療チームをつくらせてください」

と言ってくださり、父は大学病院で治療を開始することになりました。

初めての入院で不安だったと思います。でも父は、先生の「治る！」と言った言葉と、何より心強い何人もの教え子の医師や看護師さんたちに囲まれて、落ち着きを取り戻していました。

治療方法は放射線療法。一日二回の放射線治療をすることになりました。一日二回というのは患者への負担も大きく、病院初の試みだったらしいのですが、父は体力があり身体も大きかったので、父なら耐えられるだろうとの先生の判断でした。

父は計三十一回もの放射線治療を頑張ってやり遂げました。放射線治療を受けると、たいがい、髪の毛が抜けてくるのですが、父は髪が少なくもならず変わりませんでした。自分を信じ、家族を信じ、先生・教え子を信じて、辛い治療を本当に頑張りました。

入院中も、父は私のことをとても可愛《かわい》がってくれました。当時、私はバレーボールに明け暮れていたのですが、父は闘病中にもかかわらず、私の朝練の時間になるとこっそり病院を抜け出して、一時間近くかけて高校まで送っていってくれていました。寒いのがかわいそう、雨が降ったら降ったで、濡れてしまうからかわいそう。誰もが我慢してやっていることなのに、それがかわいそうだと言って、病身をおして私を送ってくれていたのです。そして看護師さんが見回りにくる時間に間に合うように病院に戻っていました。過保護なほどに、大事にしてくれていました。

◆再入院

そして体調もよくなり、先生の判断で父は退院しました。仕事に少しずつ行っても大丈夫ということだったので、父は仲間に会えるのを楽しみに毎日はりきって出勤していきました。

久々に家に帰ってきた父。体重こそ、ずいぶん減ってやせてしまいましたが、もともと体格がよかっただけに、激やせというよりスリムになったくらいの印象で、元気な父が家に戻ってきてくれたのです。

その頃、私はちょっと女の子らしい趣味に目覚め、料理やお菓子づくりにはまっていました。それを見て、父はオーブンレンジを買ってくれました。

父のために初めてつくった料理はオムライス。父は嬉しそうにオムライスを完食してくれました。

でも、退院したばかりで病院ではおかゆを食べていた父に、オムライスは胃への負担が大きかったようで、夜中に全部吐いてしまったのです。

いつも父と母と私は、三人同じ部屋に寝ていました。腕枕をして眠るような仲良しの両親の間に、寝ていた私。その私に気づかれないよう、父が起きて苦しそうに吐いているのがわかりました。

「愛にはぜったいに言わんといてくれ。一生懸命お父さんのために作ってくれたんだから、ぜったいに言うなよ」

背中をさする母に、そう言っている父の声が聞こえました。

私は、起きることができませんでした。両親に背中を向け、そのまま眠ったふりをしていました。涙があふれ、頬をつたってこぼれました。

母からいつも一心同体と言われるほど、よく似た父子。同じ時期に、顔の吹き出ものが同じ場所にできたり、口の中にできものができたり、トイレのタイミングまで一緒で、本当に何から何まで一心同体だった私は、そのときも、急に胃が釘を刺し込まれたようにキリキリと痛くなったのを覚えています。

そして翌朝。

「顔半分に力が入らない、目が見えにくい」

と父が言い出しました。

見ると、顔半分の表情が不自然な状態。顔じゅうがミミズばれになっていました。

「なんや、これ！」

父も驚いて、すぐに病院へ駆け込みました。そして、そのまま再入院。

ほどなく顔の左半分が麻痺《まひ》して筋肉が動かせなくなり、左目も見えにくくなってしまいました。

その頃、母と兄と父の兄が主治医に呼ばれて話を聞いたそうです。一回目に入院したての頃のレントゲン写真には、数カ所に黒く写る影があっただけだったのが、そのときに見せられたレントゲン写真は、健康な白い部分と病巣の影の部分の比率が逆。真っ黒な影だらけの状態で、すでに内臓がすべて侵されていたといいます。

「もってあと半年です」

母たちは、主治医にそう告げられました。

そのとき、先生は、野村さんなら強いし、本当のことを言ったほうがぜったい前向きに頑張ってくれるから、言ったほうがいいと言ったそうですが、母は大泣きした父も見ているし、母の前だけで弱音を吐いたり甘えたりする父を知っていたので、父には本当のことを言わずに、治るからと言って治療を続けてほしいとお願いしたそうです。

「愛はお父さん子だし、バレーボールの大事な試合もすぐに迫っている。大好きなお父さんの死期が近いことを聞いたら、あの子は精神的にまいってしまうだろうから、愛には言わないようにしよう」

伯父のその言葉に、母と兄もうなずき、私は知らされませんでした。

◆忍び寄る死

私が聞いたのは、それからしばらくたった、父の亡くなる三ヵ月前でした。

お父さんが死んでしまう？　いなくなってしまう？　そんなこと考えられない。信じられない！　涙しか出ませんでした。

でも、父は身体がだんだんやせていき、歩く力もなくなって、トイレにも行けなくなりました。床ずれもひどく、十センチほどになって膿《う》んでしまっていました。

歩けなくなり、ものも食べられなくなり、話もできなくなり、次から次へと、自分でしていた行為がもぎとられていく……。人間としての機能をもぎとられていく悔しさと恐怖。そういう気持ちをどこへぶつけたらいいのかわからず、父はいつもイライラしていたように思います。

ついこの間まで、兄に腕相撲でも負けないくらい頼もしい父だったのに、こんなことになるなんて、信じられませんでした。でも、私以上に父自身が、こんなに自分が弱ってしまうなんて、とたまらない気持ちだったのだと思います。

それでも、そんな身体になりながらも、自分は治る！　と信じてボールで握力をつけたり、退院後に備えて、病院食をメモっておいてほしいと母に頼んだり、父は病気と闘っていました。

母は、父につきっきりで看病していました。

兄が母と交代していると、

「お母さんはどこだ？」

と、父はつねに母の姿を探し、不安になっていました。母自身も休まるときはなかったと思います。

私たちの想像を絶するほど、がんの痛みはすごいのです。その頃の痛みは相当なもので、もう父にも限界だったのでしょう。いつもイラついていて、ちょっとしたことにも怒るようになりました。

ある日、母がちょっと席をはずし、代わりに私が病室にいたときのことです。

「お父さんに隠し事をしとるやろ。みんな、遠くからお見舞いに来よる。いつもなかなか会うことがない人まで来るなんて、おかしい。もうお父さんは治らんのや。だからみんなが来るんやろ」

父が声を荒げて、私に言いました。

それまで父に怒られたことなどない私は、びっくりしたのと怖いのとで、いきなり泣きだしてしまいました。

「そんなことないよ。ぜったい治るよ」

そう言ってあげることもできず、怖くてただ泣くことしかできませんでした。

「なあ、みんなで隠しとるやろ」

私を追及する父を、用事をすませて病室に戻ってきた母がとりなしてくれました。

「何を言ってるの、そんなことないよ」

「うそや。愛もこうして泣くやんか。もう治らんのや」

「愛ちゃんが泣くって、それは父さんがきつく言うからよ。治らないなんて、誰も言ってないでしょう」

母がそうして父を慰める間、私はずっと泣き続けていました。

どうして、あのとき、「治るよ」と言ってあげることができなかったんだろう。

どうして、お父さんを励ましてあげられなかったんだろう。

今でも思い出すたび、後悔の念で胸がいっぱいになります。

私は、父に忍び寄っている死が怖かった。父を連れていってしまう死というものの、得体の知れない恐ろしさに怯《おび》えていたのです。この世から父がいなくなってしまうということが信じられなくて、それを受け入れられないでいたのです。

無の世界に飲み込まれそうな自分自身の恐怖から逃れることで精いっぱいで、父の気持ちに対して慰める言葉をかけてあげる余裕など、とてもそのときの私にはありませんでした。

もっともっとしてあげられることがあったのに……。なのに、私は父の死という現実に向き合うのが怖くて、何もしてあげられませんでした。

私の友だちは、父のために千羽鶴を折ってくれました。それなのに、娘の私は、何もしてあげられませんでした。

兄が仕事から帰ってきたとき、私はぼんやりテレビを見ていて、ひどく兄に怒られたことがあります。

「こんなときに、よくテレビなんか見て笑っていられるな。赤の他人がお父さんのために千羽鶴を折ってくれたっていうのに、おまえは何もせず、そうやってだらだらテレビを見てる。何も感じないのか！　何とも思っていないのか！」

怒って階段を駆け上がっていった兄が、部屋で声を殺して泣いていました。

兄の叱責《しっせき》が身にしみました。

◆父の最期

その頃、父はすでに左目が見えなくなり、閉じた状態になってしまっていました。身体が弱ってきているのは、誰よりも本人がいちばんわかっていたはずです。

父は不安にかられて先生を呼んで、

「先生、身体がぜんぜん動かなくなってしまった。本当によくなるんだろうか。いったい、いつになったらよくなる？　このまま死ぬんじゃ……」

と涙声で訴えることもしばしばありました。

そのたびに、先生は、

「絶対死んだりしませんよ。大丈夫ですよ。僕たちを信じて。今は栄養を入れているし、よくなる過程ですから」

と力づけてくださいました。

夜中に急に起きて、うなされたように泣くこともありました。

「手遅れだ。もう手遅れなんだ……」

そんなときは母が、励ましていました。

「夜中に悪い夢を見たんやね、でも、だんだんよくなっているから。もっといい夢を見たほうがいいよ。子供たちの結婚式とか、大好きなハワイの夢とか、もっといい夢を見ようね」

そうすると落ち着きを取り戻していましたが、父を襲う恐怖はすさまじいものでした。

「絶対に寝ない。寝たら死んでしまう」

そう言って、朝方まで目を開けていたこともよくありました。時間を気にして、何度も母に尋ねたりして、夜が明けるのを待っているようでした。

「もう無理……死んでしまう。息が苦しい……。子供たちを呼んで」

という日もありました。

そんなときでも、父は、私の調子の悪かった鼻や耳を心配して、先生に診てもらうように頼んでくれたり、朝練の時間に遅れるといけないから私に電話してやるように母に言ってくれたり、いつも私のことを気にしてくれていました。

しかし、とうとう父は、息をするのも辛そうになりました。激しい痛みが襲い、苦しさに身をよじる毎日でした。

迷った末に、母と兄は伯父とも相談して、モルヒネを打つことに同意しました。モルヒネを打つと、痛みを抑えることはできますが、意識が混濁して家族のこともわからなくなったり、幻覚症状が出たりしてしまいます。でも、母たちもこれ以上、父が苦しむのを見ていられなかったのです。

モルヒネを打ってから、父はよく紙にペンで数字や図形のようなものを描いたり、パソコンを打つしぐさをしたりしていました。仕事のことが気になっていたのだと思います。

でも、どんどん重篤になっていき、初めのうちはナース室から遠かった病室も、次第にナース室の近くになっていきました。

声も出せなくなっていきました。朦朧《もうろう》とした中で、父が最後に叫んだのは、母の名前でした。

必死に母の名前を叫び、続けて、神様に向かってお願いするように言いました。

「すみません。すみません。はい。お願いします。一生懸命頑張りました。お願いします」

これが父の最後の言葉でした。

そして、病室は、とうとうナース室の隣に……。

今日が山と言われて病室に入ると、父は酸素マスクを付けられていました。

それでも必死に息をしている父。必死に生きようとしてくれている父。

その姿に、一気に涙がこみ上げてきました。お父さん、こんなの付けられて……。

涙がとめどなく流れ、止めようがありませんでした。

目の焦点も定まらず、誰がそばにいるのかさえわからなくなっても、それから二日も父は頑張ってくれました。

最期の日、親戚は気をつかってくれて、病室には、父と母、兄、私の家族四人がいました。家族でしっかりと手を握っていました。

静まり返った病室に、十秒に一回の父の息だけが響いていました。

それが十四秒に一回……二十秒に一回……だんだん間隔が長くなって、

「待合室にいる身内の方、お友だちを呼んでください。最期になります」

という先生の言葉が聞こえた瞬間、父の心電図が54……44……31……0……ピー。

「十時五十七分、ご臨終です」

と言われました。

テレビドラマみたい。そう思いました。まさか自分の大好きだった父がこんなことになるなんて……。目の前の現実がまだ信じられませんでした。

そこに父が横たわっているのに、まだどこかに父がいるような気がして……。でも、もう父はいなくて……。私は立っていることさえできませんでした。

そして、久しぶりに父は家に帰ってきました。ずっと帰りたいと言っていました。

私は父が帰ってきたのが嬉しくて、嬉しくて、父のにおいが残っているコートを着たりして、ずっと父のそばにいました。とにかく父が帰ってきた。家にいる。それが嬉しくて、なんだか不思議と穏やかな気持ちでした。

「お帰り、お父さん。よかったね、楽になって。やっとおうちに帰ってこられたね」

父の闘病中には言えなかった優しい言葉を、ようやく父にかけることができました。

私は父にお化粧をしてあげました。


父と母は、仲がいいので評判だっただけに、誰もが母のことを心配しました。

「一緒に行ったらいかんよ。お父さんもそれは望んでいないよ」

心配した兄がそう言って、母を慰めていました。

でも、母は泣くばかり。そんな声も耳に入らないらしく、返事もしませんでした。

まるで魂が抜けてしまったみたいでした。

それでも、お葬式では、母は気丈にふるまっていました。兄は、声を詰まらせながらも、長男として立派に喪主を務めました。取り乱したのは、私です。

私は、友だちに抱きかかえられるようにして、立っているのがやっと。過呼吸状態になって、叫び声とも悲鳴ともつかないような声を上げてしまっていました。

お葬式には千人を超える方に来ていただいて……。家の前の道に百メートルくらい並んでくれて。あの田舎に、あんなにたくさんの人が来たのは初めてだと、みんなが言っていました。それくらい、たくさんの方が来てくれました。誰一人、父を悪く言う人はいなくて、本当に誰からも好かれて頼りにされていた父でした。あらためて父の偉大さを感じました。

高校の担任の先生も、卒業証書を持ってきてくださいました。

「お父様が息を引き取った時間は、ちょうど私が野村さんの名前を呼んだ時間でした……。そのとき、気になって時計を見たのです。午前十一時前でした」

と言ってくれました。

「きっと卒業を見届けてくださったんだね。その時間まで頑張ってくれたんだね」

そう言ってくれました。

父はきっと見守ってくれていたのですね。その年、兄は成人式でした。父は頑張って、兄の成人と私の高校卒業を見届けてくれたのですね。

父の愛、父の大きさに、また泣けてきました。

◆お父さんからの手紙

父がいなくなって、寂しさが募る毎日でした。

その後一年ほどの記憶は、靄《もや》がかかったようにはっきりしません。家にいるとおかしくなりそうで、父がいない寂しさを紛らわすため、よく出かけていました。外で友だちとしょっちゅう会っていたのだけは覚えています。

そして時が過ぎて、気持ちを立て直しつつあった二〇〇一年――。なんと父から手紙が来たのです。

それは昭和六十年の博覧会を記念して郵便局が行ったもので、「二十一世紀のあなたに届ける夢の郵便」。当時、私はまだ五歳で記憶になかったのですが、父から私へ、父から母へ、母から家族へ、私から父へ、兄から父へなど、家族みんなで書いて投函したものでした。

その手紙が届いたとき、天国から届いた！　と思いました。父が帰ってきてくれたように感じました。


「――お母さんが忙しくて用事ができないとき、お父さんの新聞、灰皿、たばこ等、愛ちゃんがよくお世話してくれた。このハガキが届くとき、二十一歳である。今流行の言葉でいうと、ヤングギャルなのだ。でも、いつもやさしく可愛いギャルになっていてほしい。それと、いつまでも今の愛ちゃんのようにお父さんにやさしくしてほしいな!!」

手紙を見て、号泣しました。内容を読んで、また泣いて……。そこには、紛れもなく元気で優しい父がいました。


この手紙を笑顔で一緒に見たかった。

ねえ、お父さん。私はお父さんに優しくできたのかな。

十八年間だけだったけど、私は、一生分の愛情をもらったと思っているよ。本当に大事に愛してもらったと思っているよ。

お父さんにもっともっとしてあげられることがあったのにな。

病気で苦しんでいたとき、もっともっと優しい言葉をかけてあげればよかった。

こういうことを言ったら、きっとお父さん嬉しく思ってくれるかなってことを、なんでもっと言ってあげられなかったんだろう。

放射線治療をしているとき、「あと何日。がんばって」って日めくりをお父さんにつくってあげたよね。お父さんは、それを毎日めくるのを楽しみにしていてくれたけど、あれは、お母さんに「愛ちゃんがつくってあげたらお父さん喜ぶわよ」って言われてつくったもの。なんで、自分からそういうことができなかったんだろう。

自分の至らなさに後悔ばかりが募ります。

そんな私に、母は、そんなことはないと言ってくれます。

「お父さんは、愛ちゃんは優しいいい子だと思ってたよ。優しい言葉をかけてもらえなかったなんて、ぜったいに思ってないよ。愛ちゃんは、今まで見たことのないお父さんの姿を見て、どうしていいのかわからなかったんでしょ？　変わっていくお父さんが怖かったんでしょ？　愛ちゃんがいてくれただけで、お父さんは本当に幸せだったんだから。愛ちゃんがお父さんとお母さんの子供として生まれてきてくれた。それだけで十分幸せだったよ」

そう言ってくれます。

私も、結婚して子供の親になったら、お父さんの気持ちがわかるでしょうか。お父さんとお母さんのように、子供を愛することができるでしょうか。
そうなれるように、生きていくね。
お母さんのことも、お父さんの分まで大事にするね。
結婚したら、相手の親のことも、お父さんの分までぜったい大事にしてあげるね。

父からの手紙は一生の宝物です。そして、父に買ってもらったあのオーブンレンジも……。オーブンレンジは大切に使っていて、今でも大活躍しています。

母は、父が再入院してから、血圧や体温、食事といった父の体調や会話などを日記に記録していました。毎日欠かさず、克明にメモをつけていたのです。でも、父の亡くなった三月一日だけは、朝九時四十分の血圧の一行しか書き込まれていません。悲しみが、この真っ白な最後のページからあふれ出しています。

悲しい日記ですが、そこに書き残された父の言葉や、父の生きた記録も、今では大事な父の思い出です。

これらすべてが、大切な、大切な、私の一生の宝物です。

◆お父さんへの返事

それにしても、身体は正直です。

父を亡くして、二年後、兄は腸に二か所も穴が開いて、集中治療室に入り、大手術をしました。私も、卵巣のう腫の手術をしました。幸い、悪性ではありませんでしたが、四十歳、五十歳になったときに悪性になる可能性が大きいということで、全身麻酔での手術となりました。

自分たちでは喪失感から立ち直ったと思っても、そのダメージが深い場合は、あとから影響が出てくるといいます。自分で意識していた以上に、父の死の衝撃が大きかったということなのかもしれません。

そして今、兄は二十九歳、私は二十七歳になりました。

父のことは、今でも昨日のことのように思い出します。父が注いでくれたたくさんの愛情を感じながら、二人とも未来の夢に向かって頑張っています。

私のお墓の前で　泣かないでください
そこに私はいません　眠ってなんかいません
千の風に　千の風になって
あの大きな空を　吹きわたっています

父の姿を見ることはできない。その声を聞くこともできない。手にふれることもできない。二度と会うこともできない。でも、私たち家族は父に一生分の愛情をもらいました。たくさんの、本当にたくさんの思い出をもらいました。

そしてきっと今も、あるときは風になって、またあるときは光になって、父は、私たちを見守っていてくれているのです。

この歌を聞いて今でも蘇《よみがえ》る父との思い出……。いつも私たちのそばにいると信じています。


ありがとう、お父さん。

ありがとう、本当にありがとう。

そうそう、お父さん。お母さんは、お父さんが大事な節目のときに巨大な蛾《が》になって現れると言って譲りません。

「お母さんが大嫌いな蛾になるなんて、そんなことあるわけないじゃない」

私がそう言うと、お母さんは、

「だって、嫌いじゃなかったら、見逃してしまうでしょ。お母さんが何より蛾を嫌いなのは、お父さんはよくわかっている。だから、あえて叫びたくなるくらい大きな蛾になって現れるのよ。蛾なら、ぜったいに気づくから。見守っているよ、ということを伝えたくて、蛾の姿で出現するのよ」

たしかに一理あるような気もしますが、いずれにしても、母も父に今も見守られているように感じているようです。

母も、私も、いつも『千の風になって』に涙しつつも、大きな勇気をもらっています。こうして手記を書けたのも、その歌に励まされ、私なりのやり方で父の愛に応えたいと思えるようになったおかげです。

父のことを何かに残しておきたかった。父のことを、父が私たちに与えてくれた愛の大きさをみなさんに知ってもらいたい。そんな思いで、この手記を書きました。

これは、お父さんから届いた手紙への私からの返事であり、お父さんに何もしてあげられなかった私のせめてもの恩返しです。

お父さん、私の気持ち、ちゃんと天国に届きましたか。

別れた彼の忘れ形見

——別れた彼の訃《ふ》報《ほう》から文通が始まった不思議な縁

藤井珠実《たまみ》（四十一歳）

◆突然の報《しら》せ

それは、一枚のハガキから始まりました。

二〇〇六年十二月十四日、私のもとに一枚のハガキが届いたのです。

黒く縁取られた喪中ハガキ――。が、差出人の名前に覚えはありません。

「え？　どなたの……？」

しかし、読み進めていくうちに私は息をのみました。

「本年七月二十三日　次男圭人（仮名）急病のため　三十九歳にて永眠いたしました」

この次男とは、私の元彼だったのです。彼のことは名前で呼んでいました。だから、苗字だけではピンとこなかったのですが、喪中ハガキの差出人は彼のお父様だったのでした。

当時いろいろ事情があって、彼は私との交際は両親に伏せていたはず。なのに、こうしてハガキが届くということは、遺品を整理していて初めて私の存在をお知りになったのかもしれません。

ずっと昔にも、私は好きだった人を事故で亡くしたことがありました。といっても、このときは私が一方的に思いを寄せていただけで、付き合っていたわけではありませんでした。でも、彼とは違う。短い期間ではあったけれど、私と彼はたしかに付き合っていたのです。憎み合って別れたわけじゃない。同じ空の下、どこかで元気でいてくれると思っていました。

いつも心のどこかでその存在を感じているけれど、会うことはない人……。彼が生きていても、偶然町でバッタリ会うなどということがない限り、会うことはなかったでしょう。あえて私から会おうというつもりもありませんでした。生きていても会えないし、亡くなったらもちろん会えない。〝会えない〟という状況は、なんら変わりありません。しかし、そこには天と地の違いがあります。

彼が亡くなった――。一瞬、頭を殴られたようにクラクラしました。

透明なゼリーの中に突き落とされたみたいに、つかみどころのない現実。いったい何？　何なの？

「うそっ！　なんで死んだの？　なんで死んだの？」

部屋中に響き渡る自分自身の大声にびっくりして我に返りました。

もの静かな笑い方が心に残るとても繊細な人だったけれど、身体は健康だと思っていたのに。どうして？　本当にもういないの？

私だって、命が永遠に続くものだとは思ってはいません。しかし、今日が明日に続くと疑うことなく毎日を暮らしています。「またあした」と挨拶《あいさつ》をかわして別れた人にも、自分にも、今日と同じように明日があり、また何事もなく会えると思って暮らしています。というか、そんなことすら考えることもない。

それが、こうして唐突に断ち切られる……。

信じられませんでした。彼がもうどこにもいないという現実を頭では理解しても、どうしても現実感がわいてこないのです。

さっきまで明日に向いていた心は、彼の訃報にふれたあとも、慣性の法則にのっとったように、明日に向かって流れていくのをやめません。

元彼の死を悼む気持ちに変わりはないけれど、今〝生きている〟私は、喪中のハガキを受け取ったあとに、ごはんも食べるし、お酒も飲む。そして、お風呂に入って眠るのです。ちょっとしたことに笑い声を上げることもあるでしょう。毎日がこの繰り返し。この日常は続いていくのです。

悲しくないのか？　と問われれば、もちろん悲しい。悲しくないわけがありません。でも、生きていくというのは、こういうことの繰り返しなのだとも思うのです。土と水をコップに入れてかき混ぜると、茶色に濁る。でも時間がたつと土は下に沈み、上澄みは透明になる。私たちの感情もこれと同じ。かき乱された感情も、やがて静かに沈殿し、私たちは上澄みの部分だけで生きていくのかもしれません。

◆忘れ形見

突然の訃報でかき乱された、私の心の〝コップの水〟は、ふたたび静かに沈殿していき、またいつもの日常を取り戻しつつありました。

いくらご両親が私の住所をお知りになり、通知をくださったといっても、ご両親にとって私は、親の知らない息子の知り合いの一人にすぎない存在のはずです。私としては、形どおりの弔意を表すことしかできません。

ところが、ふたたび彼のお父様から手紙が届いたのです。

そこにしたためられた文字を見て、驚きました。

「あなたの生活に波風を立てるつもりはありません。ただ、成也君の写真だけ送ってください」

とあったからです。

私はバツイチで子供が四人いるのですが、成也というのは、一女三男のうち一番下の三男で、じつは亡くなった元彼の子だったのです。

お互いが独身でしたから、子供ができたのを機に結婚、という選択肢もなかったわけではありませんでしたが、

「子供ができた」

という私の言葉に、彼は顔を曇らせました。

あのとき、彼は自分自身の現実に向き合うので精いっぱいでした。真面目さゆえに、抱えきれないほどのストレスを抱え、心が折れそうになっていました。

そんな彼に、いきなり四児のパパ、という現実は重すぎる……。私も人付き合いがうまくなくて、自分の気持ちを口で伝えるのが苦手。だから私にも、彼の心が重く沈んでいくのがわかりました。

何より私は彼をこれ以上苦しめたくありませんでした。きれいごとに聞こえるかも

しれませんが、私自身が彼の心の重荷になることだけは避けたかったのです。話し合って、私たちは別れ、私は未婚で四番目の子を産みました。

彼に慰謝料や養育費を要求したことはありません。子供を産むことは彼の本意ではなかったので、自分一人の決断で子供を産んだ以上、彼に負担をかけるわけにはいかないと思ったのです。

まさか三十代の若さで亡くなるとは、夢にも思っていなかったでしょう。彼の死因は「心不全」だったそうです。あまりにも急なことで、彼のご両親も「息子は、この世に何も遺《のこ》さずに逝《い》ってしまった……」と嘆いておられたようです。

が、実際は私がキープしていた〝忘れ形見〟。携帯電話や手紙など、遺品を整理しているうちに、「忘れ形見の存在＝息子のＤＮＡが残っている」ことをお知りになったということでした。

彼の写真（＝遺影）も同封されていました。

何年かぶりに彼と〝再会〟して、私は泣きました。

アルバムに仕立てられた彼の子供の頃の写真も入っていました。お父様は、とても几帳面《きちょうめん》な方で、何年何月のどういうときの写真、といった説明も細かく書いてありました。生前の彼の声が録音されているカセットテープも残っていた、とおっしゃって、それもダビングして送ってくださいました。

変わらぬ柔らかな話し声と優しい口調。悲しみがこみ上げてきました。

悲しみはあとからやってくるものです。彼がこの世にもういないんだ。その現実が、リアルに、切実に胸に迫ってきました。

忘れ形見……。それを遺して彼がはたして幸せだったのかはわかりません。

でも、少なくとも彼のご両親は、「息子の血を受け継ぐ者」として成也のことを見てくれているようでした。心境は複雑ながら喜んでくださっているようにも感じられました。

彼の携帯には、私の番号が残っていたそうです。それも「家族」の人と同じグループ欄に。私は彼と別れたとき、自分のＰＨＳから彼の番号やアドレスをすべて削除してしまったというのに……。

一緒にはなれなかったけれど、彼は、私と子供のことはずっと気にかけてくれていたのかもしれません。証拠隠滅する気なら、私のことだって、子供のことだって、親に知られないように全部携帯から消してしまえばすむことなのに、残しておいてくれていたのです。そんなことを思うと、重い現実に胸が苦しくなります。

ご両親は、亡き息子の面影を成也に感じてくださるだろうか。揺れる心に逡巡《しゅんじゅん》しながらも、彼のお父様には、〝孫〟の写真をすぐに送りました。

◆お父様との文通

かくして、それまで忘れ形見の存在を知らないまま過ごしていた分を埋めるように、お父様と私の文通が始まったのです。

*

松木昌夫（仮名）様

お便りをせねばとずっと気にかけておりましたが、心と言葉の整理ができず遅くなってしまいましたことをお許しください。その後、お身体の調子はいかがでしょうか。

お手紙に添えられていた子供たちへのお心遣い、圭人さんのお仕事の記事、そしてお写真。どれもありがたく拝読、そして頂戴《ちょうだい》いたしました。

圭人さんと私が知り合ったのは、仕事を通じてでした。話しているうちに、同い年（誕生日も二日違いという偶然）であるということ、そして互いに文章を書くのが好きなこと、そのような共通点も多々ありまして、自然と親しくなっていきました。

当時、私の長男・陶治と次男・慎哉に「サッカーを教えてあげる」と約束してくれて、長女・わかなも含めてみんなで、公園で遊んだことがありました。子供たちは圭人さんを「体操のお兄さん」と呼んでなついておりました。

その後、私は圭人さんの子を身ごもり、相談しましたところ、「産んでほしい」という答えは返ってきませんでした。当時の彼には、子供の親になるという現実がとても重たくのしかかり、どう答えを出したらいいのか悩みに悩んでいたようでした。結果、私は一人で子供を産み育てていくことを決意したのです。

結婚の文字が私の心をよぎったことは事実です。しかし、初婚の圭人さんに、いきなり四児の父になってくれとは、さすがに言い出せませんでした。

そして平成十五年九月十四日に三男・成也誕生。三七〇〇グラムを超える大きな赤ちゃんでした。圭人さんには、生まれたことだけをメールで知らせ、以後連絡を取り合うことはありませんでした。

圭人さんの忘れ形見ともいうべき成也。圭人さんの訃報を聞き、正直迷いはしましたが、自分のほうから圭人さんのお父様、お母様に成也の存在をお知らせするつもりはありませんでした。

「今さらそんなことを聞かされても……」と、困惑されるだろうと考えたからです。しかし、とうにご存じだったのですね。

もし圭人さんから何もお聞きになっていらっしゃらないのなら、成也の存在はずっと秘めて生きていこうと思っておりました。「産んでほしい」という言葉が圭人さんの口からは聞けませんでしたから、自分だけの判断で出産した私は、何も言える立場ではないだろうと考えたのです。

圭人さんのお父様、お母様にとりまして、成也の存在はどのように受け止められるのでしょうか。成也の顔を見せに伺いたい、いややめておくべきだ、と自問自答を繰り返しております。

お伺いする代わりに、写真を同封いたしました。二歳の頃でしょうか。保育園の梨狩りで先生と一緒のところをパチリ。三歳になった今は、髪こそ坊主頭ですが、顔は写真を写した頃と変わっておりません。

「大丈夫、なんとかなるよ」というのが私の口癖でした。「成也」という名前は、そこからとりました。もし圭人さんに名前の由来を話したら、きっと「珠ちゃんらしいネーミングだね」と呆《あき》れられながらも笑ってくれたことでしょう。残念ながら、それはかないませんでしたが……。

しかし、圭人さんの携帯に私の名前が残っていたこと。それを伺えただけで十分です。産むことじたいは諸手《もろて》を上げて賛成というわけではありませんでしたが、心のどこかではずっと気にかけてくれていたのでしょう。それがわかっただけでも報われた思いです。ありがとう圭人さん。

思いつくまま書き連ねてしまいました。乱文乱筆をお許しください。もしご迷惑でなければ、またお便りさせていただきたいと考えております。これから寒さがいっそう厳しくなります。くれぐれも御身を大切になさってくださいませ。

このたびは本当にありがとうございました。取り急ぎ、お礼かたがたご挨拶まで。

それでは失礼いたします。

藤井珠実

拝復
今年は暖冬ということで、手足の冷えもありますが、私にとっては過ごしやすいので大変助かっています。今日は大型郵便が届き、さっそく拝見しました。今日いただいたもの、大事に保存します。

成ちゃんの写真は、私の携帯の壁紙として毎日見ています。カラー版は、私の部屋に飾ってあり、朝と夕、挨拶しています。ヴォイスレコーダーに入れてくれたかわいい声は、携帯の着信音にしました。携帯が鳴ると、いつも成ちゃんが報せてくれます。今日の写真は一段とさらにたくましくなりましたね。鼻と唇、おでこと目の輝きが圭人に似ています。

私の体調を案じて、病院に電話をかけてくださった由。ありがとうございました。幸いに、一月十二日にCT、次週に検査結果が判明。安心し、手紙を出したのでした。その後はあちこち筋肉痛があったりしていますが、少しずつ小康で、晴耕雨読というところです。毎日、私は命を大切に生きています。

東京の従兄妹が元日によこした年賀状に代わる手紙に『千の風になって』という歌の一節が書いてありました。「圭人君はいつもあなたのそばに、父母とともにいる」

というのです。

あいにく昨年の紅白歌合戦は見ないで寝てしまって、歌を聞かなかったのですが、その後やっと原文（英文）の一部がわかりました。韻が素敵《すてき》です。

『千の風になって』という歌は、私の七十四年の生涯で、いちばん心に響き渡る歌です。あるときは悲しませ、また慰めてくれて、冬の寒い日でも、圭人が木枯らしとなってこの家にきてくれるのだと思うと、ほっとさせられます。

この歌でどれほど気持ちが安らいだかしれません。

今日は私の近況を書きました。これから暖かくなりましょう。外祖父は、四人の子供さんの成長をそっと見守っていきます。とりとめのないことを書き、失礼。お元気でね。

敬具

＊

これはお父様とやりとりした手紙の抜粋です。

なんだかとても不思議な感覚。圭人はもういないはずなのに、こうやっていろいろ書いていると、本当は〝存在（いる）〟ような気がしてなりません。

もしかしたら、「千の風になって」というのは、こういうことなのかもしれない。そんな気がします。

圭人のお父様も、私も、この歌のおかげで、圭人のことで涙を流すことがずいぶん少なくなりました。

そんなとき、『千の風になって』にまつわるエピソードが、今度ドラマ化されるとかで、そのための「エピソード募集」という記事を見たのです。

生きるためには働かなきゃならない。寝る間もないほど働きどおし。昼間のパートを終えて帰ってきて、ちょっと仮眠をとって、すぐに夜のパートに向かうという生活。それで身体を壊して入院してしまい、私は、今は失業中です。

もちろん就職活動をしていないわけではありません。一生懸命しています。でもどこを受けても落とされてしまって。で、もういいかげんイヤになってきていました。家でもイライラして、つい子供たちに当たったりしてしまいます。

けれど、このドラマの「エピソード募集」というのを見て、無性に圭人のことが書きたくなりました。書かなきゃって思いました。そうしたら苛立《いら》っていた心が落ち着いて、「今やるべきことは『これ』なんだ」と思えたのです。

もしもーし、圭人。宙（そら）から、今これ、読んでいますか？　ゴメンね、圭人のこといろいろ書いちゃうよ。書くことで癒《いや》され、思いを昇華させることができるんだと思うの、きっと。だから、いいよね。前みたいに、優しく笑って許してくれるよね。

◆新しい年へ

お父様との手紙のやりとりは、その後もずっと続いています。

年末には、郵便書留を送ってくださいました。中には、手紙と為替が入っていて、

「お子さんたちへのお年玉です」

と書かれていました。

私からは、「孫＝亡くなった息子の忘れ形見」の写真と、保育園で作った「いつもありがとう。元気で長生きしてください」というメッセージが添えてある敬老の日の

壁飾り（実物大手形付き）をお送りしました。

じつは、初めは写真だけ送るつもりでいたのですが、彼のお父様が「現在闘病中」と手紙に書いてあったので、孫から「元気で長生きしてください」と励まされればきっと嬉しいだろうな、と敬老の日の飾りも同封したのです。

小さくて可愛い手形もペタンと付いていて、孫の〝成長〟を肌で感じてもらえる、このうえないアイテム。「さあ、どうぞ感動してください！」と言わんばかりで、なんだか計算高くていやらしい感じがして送るのを迷いましたが、でも、結果として、お父様は大感激してくださったようでした。

それに対するお礼として、今度は、手紙に加えて写真その他を送ってきてくださいました。「その他」の中には、食玩のフィギュアも入っていました。

なんでも、閉店する店の販促用展示品を「孫にプレゼントするんだ！」と無理を言って譲ってもらったのだとか。お父様、ダダこねたんですね。それだけのパワーがあれば、きっと病気も逃げていきますね。

別の折に、彼の遺品のひとつとして、携帯電話が同封されていたこともありました。解約後なのでもちろん通話はできませんが、私のＰＨＳ番号が残っていることを実際に見せてあげようというお心遣いだったのでしょう。

「今年は遺品を残らず目の見えないところへ一品ずつ収納するつもりです（捨てることはしないのですが）」

とありました。

携帯電話という単なる無機質なモノにもかかわらず、開封した瞬間、私には、彼の懐かしい〝匂い〟のようなものが感じられて、胸が詰まりました。

本来だったら、彼のご家族が手元に残しておくはずであろう思い出の品。それを託された私は、これから自分の中で〝彼〟の存在をどう位置づけて生きていけばいいのだろう。愛した人、短かったけれど人生をともに生きた人、四番目の子供の父親、ご両親の愛してやまなかった息子……。

と、ちょっとセンチメンタルになったところで、ふと手紙に目を落としたら、「H18．1．4．」と日付が書いてあり、「H18」のところを二本線でギーッと消して「H19」に直してありました。そして、「H19」の後ろに小さくひと言「もうボケてます」ですって。面白い人ですね、お父様。

そう、泣いても笑っても、新しい年になるのですよね。生きているといろいろある。

それでも〝時が流れていく〟ことに変わりはない。どんなに悲しい、辛いといっても、私たちは〝新しい年〟を迎えていくのです。

宝くじも、買わなきゃ当たることもない。買えば当たる〝かも〟って思って買ってしまう（たいてい当たらないんだけど）。人生だって、生きてみなきゃわかりません。辛いことばっかりじゃなくて、いいことだってある〝かも〟しれない。私たちは、その〝かも〟に期待して生きていくのでしょう、これからも。

◆対面

自宅のパソコンのそばには、元彼のご両親から送っていただいた写真（遺影）が置いてあります。それを見つけた成也が無邪気に、

「これ、だぁれ？」

と聞いてきました。

「では、問題です。一番・おじいさん、二番・おじさん、三番・お兄さん。ハイ、正解は何番でしょう？」

私が尋ねると、少し考えて、

「……お父さん？」

と答えた成也。

この答えは偶然なのでしょうが、なんだかたまらなく不憫《ふびん》で、ギューッと抱きしめることしかできませんでした。

私の手元には、亡くなる前の年に彼が家族と祝った「誕生日」の写真もあります。これも、彼のお父様が送ってくれたもの。写真を見ると、手前のショートケーキがいかにも、「ハッピー・バースデイ！」という感じがして、なごやかな雰囲気。

四月三十日が彼の誕生日。急死してしまったから、もうこの世にいない人だけど、この写真を撮った誕生日には、間違いなく生きていたのです。彼と私は同い年で、誕生日もたったの二日しか違わなくて、私は今こうして生きている。なのに、彼はもういない……。

彼との間にできた息子は、彼も亡くなってしまい、認知もされていないけれど、大切な〝忘れ形見〟。だから、産んでよかったのかなと、今はそう思っています。

ただ、ご両親は喜んでくださっているものの、その心中を察するにあまりあるものがあります。ご厚意に甘えて、はたして、このまま平然と文通を続けていいものか。

正直、考えあぐねていました。

しかし、二〇〇七年八月、お父様から、「よかったらお盆に来てください」とお手紙をいただいたのです。

これまでも忘れ形見として成也の存在を喜んでくださっているのはわかりましたが、私からお宅に伺うことを申し出ることはできないでいました。それが、こうしてお盆に呼んでいただいた。私は初めて許しを得たような気がしました。

「私が伺っていいんだ……」

そんな気持ちで息子を連れて、恐る恐る訪ねていきました。

すると、親戚の方が大勢いらしていました。

まずいところへ来てしまったのでは、と思いました。私たちのことは主人のご家族はわかっているとしても、親戚には話していないかもしれない。それなのにノコノコやってきて、どういう関係なのか疑われるにちがいない。どうしよう……。

入るのをためらっていたら、奥から声がかかりました。

「おー、お孫さんだね。さあ、入って、入って」

みんな知っていたのです。ご両親は、私たちの存在を隠すこともなく、親戚にも伝えてくださっていたのです。

本当に、本当に温かく受け入れていただき、大歓迎を受けました。

ありがたかった。

私は、圭人の仏壇の前で手を合わせて、しばらくそこを離れられませんでした。もしも受け入れてもらえなかったら、どうしよう。なんで産んだんだなんて言われたら、成也は行き場がなくなってしまう。私は、心のどこかで、そんな不安をいだいていたのでしょう。だから、文通はしつつも、一線を越えて、正面切って圭人のご両親に対するのが怖かったのかもしれません。

でも、私の杞憂《きゆう》にすぎなかったのです。

ご両親は物静かな立派な方で、私たちを本当に温かく包みこんでくれました。

来てよかった。つくづく思ました。

生まれてきてよかった子だったんだね。圭人もそう思ってくれているんだね。ありがとう、圭人。ありがとう。

◆セピア色の思い出になるまで

圭人へ
今回の「エピソード募集」をきっかけに、圭人とのこと、渾身《こんしん》の力をもって書いたつもりです。

書いて本当によかったと思っています。圭人は、目に見える身体としては存在していないけど、こうして書いていると、それこそ風になったり光になったりしながら、みんなのそばに存在しているんだなって実感できたから。

もう本当に会うことはできない圭人と対話しているような気がしました。

最後に、成也のことを報告しておきますね。

あの子、やたらと「生と死」を意識する子なのです。

まだ三歳なのに、

「おかあさん、なるちゃん、死んだらどうなるの？」

「『いのち』って大切なものなの？」

とか、毎日のように聞いてくるのです。

昨日も、

「死んだらどうなるの？　どこへ行くの？」

って言うから、

「死んだらね……風になるんだよ」

って答えたの。そうしたら、今度は、

「風になったらどうなるの？」

とくるのです。

「うーん……透明な風になってね、いつもなるちゃんのそばにいるんだよ。ピューって、風吹くでしょ？　そういうとき、『なるちゃんのそばにいるよ』って言っているんだよ」

そしたら、

「だれがそばにいるの？」

こう聞かれて、言葉に詰まってしまいました。だって、ウチのおじいちゃん、おばあちゃんはまだ元気に生きているのですから。「おじいちゃんだよ」とか、具体的に答えられないんだもの。

圭人のことは、成也にも時期がくれば話すかもしれないけれど、今は話せない。だから、「なるちゃんのおとうさん」とは言えないし……。結局、「ご先祖様とか大切な人」なんて言って、その場はお茶を濁しました。

それにしても、ホント不思議な子です。圭人そっくりで。見た目だけじゃなくて、性格もね。

お父様から送っていただいた圭人の三歳の頃の写真。それを成也に見せて、

「これ、だ〜れだ?」

と聞いたら、迷わず、

「なるちゃん!」

だって。

たしかに似てるんです、あなたたち二人。そう……親子だものね。

「成也の口を借りて圭人がしゃべっているんじゃないだろうか?」

と感じてしまうようなときもあります。

本当にそんなことを成也が口走るときがあるのです。さっきの「死んだらどうなるの?」という話の中で、あの子、私にこう言ったのです。

「なるちゃん死なない。ずーっとおかあさんのこと見守ってる！」

圭人の言葉のような気がして、成也の前で泣きそうになってしまいました。

「僕はここにいるよ。ずっと珠ちゃんと成ちゃんのこと、見守っているよ」

圭人がそう言ってくれているような気がしました。

圭人、三歳のあなたの写真は、セピア色とまではいかないけれど、モノクロで、四辺が茶色く変色しています。

その写真を見つめながら、私は成也に心の中でつぶやきました。

「お父さんの分まで、長生きしようね。思い出がセピア色になるまで……ね」

圭人、これからもずっと一緒だよ。

成也を、そして私のことを見守っていてください。

黄金色《こがね》の夕陽に送られて

——再生不良性貧血で亡くなった娘

鈴木裕子《ひろこ》（六十二歳）

◆娘を亡くした悲しみに

愛する人との別れはさまざまあるでしょう。しかし、子供を亡くすことほど、せつないことはありません。

子供を亡くすと、親は、どうしても自分を責めてしまいます。あれをしてやればよかった、もっとこうしてやればよかったと自分を責め、どんどん自分を追い詰めていっそう辛くなっていきます。自分を責めてみたところで、子供が帰ってくるわけではないのに……。

私の母も、子供を亡くしました。私の妹が幼くして亡くなったのです。

「子供を亡くした人は、その悲しみをお墓まで背負っていく」

母はよく言っていました。

母の悲しみの深さは子供ながらにわかりましたが、当時は本当の意味が理解できずにいました。でも、自分も子供を亡くしてはじめて、母が言っていた意味がわかりました。

子供を亡くした悲しみは色あせることがないのです。一年、二年、三年……その悲しみはむしろ、年々深くなっていきます。

心配してくださる周りの方は、三回忌が過ぎてしばらくすると、

「そんなにたちますか……。（そのくらいたてば）もう大丈夫ですよね？」

とおっしゃってくださいますが、じつは、違うのです。年々、深くなっていくのです。

娘はまだ二十五歳でした。かけがえのない娘を失って、絶望のどん底に落とされました。泣いて、泣いて、泣いて、それでも涙はいつまでも涸《か》れず、娘と一緒に私自身の人生も終わってしまったように感じました。

よく、あまりの悲しみに涙が涸れはてるといいますが、涙の海というのは底知れぬ深さがあるのです。毎日毎日泣き暮らしても、いつまでもたっても涙は涸れることがありません。生きる希望を失って、辛くて、辛くて、ただただ悲嘆に暮れるばかり。いったいどれほどの涙を流したことでしょう。

でも、ある日、娘が夢に現れたのです。

「お母さん、なんで泣いてるの？　私はすっごく楽しいんだよ。なのに、どうして泣いてるの？」

と、ニッコニコ笑っている夢を見たのです。

あの子が夢に現れたのは、あとにも先にもその一回だけ。

思わず、ハッと飛び起きました。

「お母さんがいつまでもメソメソしているから、心配しているんだよ。私はね、楽しく歌ったり踊ったりしてるんだよ。幸せなんだよ。だから、泣かないで」

娘にそう言われているると思いました。


いつまでも泣いていちゃいけない。あの子を悲しませちゃいけない。

精いっぱい生き抜こう。

そう、心に誓いました。

そうして涙をぬぐって前を向いて歩き出したとき、まるで娘が風に乗せて送ってくれたように、『千の風になって』の歌が、私のもとにも届いたのです。

私のお墓の前で　泣かないでください
そこに私はいません　眠ってなんかいません
千の風に　千の風になって

あの大きな空を　吹きわたっています

それまでも、私はいつも娘がそばにいるように感じていました。でも、それは、娘の死を認めたくない心がそうさせているのだと思っていました。そんなことじゃいけない。もう娘はいないんだ。いつまでもそんなふうに感じているから、こうも涙がボロボロ止まらないんだ。そう思っていたのです。

でも、この歌を聞いて、心がふっと軽くなりました。

辛さは癒《い》えることはないけれど、あの子はいつも一緒にいる。姿かたちは見えないけれど、これからもともに生きている。そう思っていていいんだ。無理して、いない現実を言い聞かせなくていいんだ。慰められる思いがしました。

どう表現していいかわからずにいた感情に、言葉を与えられたような気がして、歌詞に涙しつつも、安堵《あんど》に似た気持ちになることができました。

今も、娘を亡くした悲しみは消えることはありません。でも、『千の風になって』に励まされ、娘のことを残しておこうと思います。

こういう娘がいたということを全国の皆様にも知っていただければ、母としてそんな幸せなことはありません。

◆太陽のような娘

娘の名前は、「陽子」。明るくて、太陽の光のように心の中にスーッと入ってきて、人の記憶に残る子でした。

太陽のような子――。陽子は、わが家にとっても、文字どおり太陽のような存在でした。じつは私と夫は、一九七四年に子連れ同士で再婚。五年目に誕生したのが陽子だったのです。

私は二十三歳で結婚。一年九か月でわが家が放火され、その火事で夫は焼死。九か月の娘を抱え、どうしてよいかわかりませんでした。でも、三回忌を迎える年、犯人も捕まり、娘とともに新しい人生を踏み出すことができました。そして、出会った現在の夫と再婚したのでした。

私には娘、夫には息子がいて、いわゆる〝なさぬ仲〟。それでも仲のよい家族でしたが、陽子が生まれたことによって、みんなが一つの輪につながり、本当の意味での家族になれました。

あの子は、わが家の家族の象徴、太陽でした。

◆いじめ、そして脱却

しかし、娘の人生はけっして明るいものではありませんでした。

小学三年生からいじめに遭い、それは中学卒業するまで続きました。あとで聞いたのですが、教室の黒板いっぱいに悪口を書かれ、いちばんひどいときは、自殺も考えたそうです。

登校拒否にもなりかけました。朝になると、

「おなかが痛い……」

と言っては、学校に行きたがらない日々が続きました。

おかしいと思い、事情を聞き出してみると、いじめに遭っていたのです。

上靴の中に画びょうを入れられたり、持ち物を隠されたり、顔のことを黒板いっぱいに書かれたり、心ない行為や悪口で娘の心はざっくりと大きな傷をつけられていた

のです。

やめさせようと、いじめた子のお母さんに言っても、

「うちの子がそんなことするはずがない」

と突っぱねられ、担任の先生に訴えても本気になってくれませんでした。

わが子を守るのは母親しかいない。それには自分がともに学校に行く機会を多くつくるしかない、とPTA役員を務め、中学卒業するまでやり続けました。

あの頃、娘は一人ぼっちでした。あの子の友だちは公園で出会った茶トラの太っちょの猫。学校に行こうと娘が家を出ると、どこからともなく現れ、学校の帰りには家の前で待っていました。

その太っちょ猫が一人ぼっちの娘を癒《いや》してくれていたのです。外で可愛《かわい》がっていたのが、やがてマンションの下で家猫同然に飼うようになり、気がつけば、いつの間にか、その猫は家の中で暮らしていました。主人は猫が苦手でしたが、娘のために猫との〝同居〟を黙認。今では、二代目の茶トラがわが家のペットの座におさまり、わがもの顔で部屋を闊歩《かっぽ》しています。

とにかく個性的で、運動会のかけっこでもゴールではなく家族のほうに向かって走

ってくるようなユニークな子でしたから、学校の仲間にうまく溶け込めなかったのかもしれません。

ただ、近所では、知り合いのおじさん、おばさんを見かけると、自分から元気に声をかけていたようです。小学校からの帰り道、近所の文房具店に寄っては、お店の人とおしゃべりに興じていたこともよくありました。娘が、いじめに遭いながらも、本来の明るさ、人なつっこさを失わずにいてくれたのは救いです。

その明るさは、中学を卒業していじめから解放されてからは、学校でも出せるようになっていきました。専門学校に入学したあたりからは、いっそう表情も明るくなって、楽しそうに青春を謳歌《おうか》していました。専門学校はデザイン関係の学校で、個性的な人ばかり。そこには、陽子も安心して心を開いて付き合える仲間がたくさんいたのです。

そして、その専門学校を卒業すると同時に、今度は北海道アクターズスクールのオーディションを私たちに内緒で受けて、合格。

「やらせて、お願い！」

事後承諾の形でしたが、娘が自信をもてるようになったこと、好きな道を見つけてくれたことが嬉しくて、賛成しました。

娘は小さい頃から歌が大好きで、幼稚園にあがる前から松田聖子さんの振りまねで、聖子さんの歌を歌っていました。長じてもＳＭＡＰ（とくに中居正広さんの大ファン）や工藤静香さんのファンクラブに入り、いつか自分も歌手になりたいとの夢を持ち続けていたのです。年齢的には少し遅いスタートでしたが、娘は好きな道への第一歩を踏み出しました。

その夢のとば口に立ち、毎日、歌や踊りのレッスンに明け暮れ、そのうち、ライブコンサートをしたり、雑誌に載ったり、ローカルですがＣＭエキストラとしてテレビに出演したりと、キラキラ輝いた人生を走っていました。

辛かった子供時代に身体の中に押し込んでいたエネルギーが一気に解放され、ほとばしっているような眩《まぶ》しさを放っていました。

また私が箏曲《そうきょく》教授をしている関係で、三歳から始めた箏《こと》も、高校のときに名取になり、私は内心、後継者ができたと喜んでいました。

◆再生不良性貧血の宣告

ところが二〇〇二年、突然、「再生不良性貧血」という難病にかかっていると宣告されてしまったのです。

あれは、十二月二十一日、私が主宰する社中のお箏のファミリーコンサートを終えた三カ月後のことでした。陽子は、舞台ではパワフルな姿を見せる娘でしたが、低血圧のためか日常生活では身体のけだるさを訴えることがありました。

ただ、この日は、いつになく辛そうで、

「疲れがとれない。だるいー」

と、しきりに訴えるのです。

「なんかだるくて、心臓の音がドキドキと大きく聞こえてくる」

そう話す陽子の顔は、蝋《ろう》人形のように真っ白。そのうち、紫色の斑点が内出血のようにあちこちに現れました。

あわてて病院に行ったのですが、個人病院では詳しいことがわからないからと、大きな病院を紹介され、二十四日に大病院で診察を受けました。

そこで聞かされたのは、

「ほとんど体内に血液成分がない状態です。すぐに輸血をしなければ、明日にも心臓が止まってしまいます」

という思いもよらない言葉でした。

血がないって、いったい……？

何？　どういうこと？

頭が真っ白になりました。

とにかく緊急入院してその場は一命をとりとめましたが、「再生不良性貧血」との宣告を受けました。

「再生不良性貧血？」

聞きなれない病名に、どういう病気なのか尋ねると、再生不良性貧血というのは、血液をつくっている骨髄での造血機能そのものが低下し、血液中のすべての成分が減少する病気だといわれました。

健康な人では、骨髄で赤血球、白血球、血小板という三種類の血球が絶えずつくり続けられて、毎日壊れた血球分を補っています。ところが、再生不良性貧血では、それらすべての血球が補給できなくなってしまう。血液は、車でいえばガソリンです。

ガソリンが切れてしまったら車が走れないように、新しい血球が補給されなければ〝ガソリン切れ〟。それは死につながってしまうというのです。

その病名の響きから、「貧血」の一種かと思ったのですが、そんな生易しいレベルのものではなく、治療が極めて困難として国から「特定疾患」に指定されている難病だったのです。

治療法が確立していない「不治の病」……。

足がガクガク震え、地面が崩れ落ちていくような感覚。目の前が真っ暗になりました。

薬による免疫抑制療法に望みを託して試しましたが、効きませんでした。残された道は骨髄移植しかありません。しかし、その移植成功率は七十％。運よくドナーが見つかっても、移植で助かるとは限らないのです。

夢に向かってひたむきに走っていた娘を突然襲った病魔。それをどうすることもできずに、奇跡を待つしかないなんて……。

絶望の淵《ふち》に立たされました。

◆骨髄移植を待てずに

当座は一週間に一度の輸血で生きていくしかありませんでした。

この輸血が娘の命をつなぐ、ただ一つの手段。自分でつくることができない血液成分を輸血で補給するしかない。毎週毎週、新しい血を補給してやらなければ、娘は即、死んでしまうのです。

とはいえ、娘は二〇〇三年三月に退院してからは、車を運転しては友人と行きたいところに行ったり、そんな身体でも歌を歌い続けていました。

知らない人が見たら、およそ難病に苦しんでいるとは思えないような活発さで、自分の人生を歩んでいました。

でも、輸血は対症療法。病気を根本的に治療するものではありません。一日も早くドナーを、と願いました。

ただ、娘自身は、骨髄移植を怖がっていました。患者さんのなかには、輸血という対症療法で何十年も元気に過ごしている方もいます。移植しても生存率が七十％と聞いて、陽子はあえて移植に踏み切るのが不安だったのだと思います。

しかし、輸血をするようになって一年ほどたつと、肌が枯れ木のようになっていきました。人様の血をもらって命を永らえている状態。やはり自分の血ではないため、どうしても不純物が臓器に付着してしまうためだそうです。

きめが細かく真っ白な肌が自慢だった娘にとって、どんどん老婆のような肌になっていくのは、目をおおいたくなるような恐怖だったにちがいありません。

やはり骨髄移植を受けるべきかもしれない、と不安に揺れながら悩んでいました。

ちょうどその頃、ある方に、

「不安があるなら、納得できるまで話を聞いてみたら？」

と骨髄バンク事業を行っている骨髄移植推進財団の関係者を紹介していただきました。娘は悩んだ末に、紹介されて知り合った財団の理事さんを訪ねて、東京まで一人で話を聞きに行き、じっくり相談をして二〇〇四年の春、患者登録申請を出すことを決意しました。

骨髄移植という奇跡に賭《か》けることにしたのです。

白血球の血液型であるＨＬＡ型が、ドナーと患者との間で適合しないと拒絶反応が起きるため、骨髄移植はできません。しかもＨＬＡ型が適合して移植が可能になる確率は、数百～数万分の一といわれているそうです。登録したからといって、すぐにドナーが見つからない患者さんも大勢いらっしゃいます。

しかし、なんという奇跡でしょう。

陽子にはすぐにドナーが見つかったのです。

患者登録をしたその年の八月二十四日のことでした。

これで娘は助かる。きっと治ってくれると思いました。

お医者様からも、

「ドナーは、双子のようにとてもよく適合している方です。こんなことはめったにないんですよ。よかったですね」

と言われ、その奇跡に心から感謝しました。

仏さまが陽子を守ってくださった。ありがたさに涙が出ました。

「手術は十一月です。それまで身体に十分気をつけて過ごしてください」

「はい。よろしくお願いします！」

あとは、手術の日を待つばかりでした。

ところが、ドナーが見つかって二週間ほどたった九月六日。

「お母さん、なんか私、具合が悪いの。病院に連れて行って」

急に娘が訴えたのです。

急いで車に乗せ、病院へ向かいました。家から十五分程しか離れていない病院なのに、そこに着いたときには、もう車から降りて歩けない状態になっていました。

体調が急変。緊急入院の事態になってしまいました。

そしてその夜、危篤状態に……。

「心臓がパンパンにふくれあがって、もはや機能しない状態です」

担当医に告げられました。

陽子は息をすることさえ苦痛らしく、苦しい、苦しいとあえぎ続け、かわいそうで見ていられませんでした。

翌日、娘はＩＣＵ（集中治療室）に入ることになりました。

「お母さん、ＩＣＵに入るということは……わかりますね」

担当医が苦渋の表情をして私に告げました。鎮痛剤を打ち、苦痛を取り除く処置がなされるのです。

ＩＣＵに入っていく娘に、

「大丈夫？　お母さんがついてるからね」

と声をかけました。すると、娘は、

「大丈夫じゃないよー」

この言葉が、娘と交わした最後の言葉となってしまいました。

それから十日間、娘はＩＣＵで頑張りました。

しかし、とうとう二〇〇四年九月十六日午後五時六分、二十五歳の若さで人生に幕を下ろしました。

奇《く》しくもその日は私たち夫婦の結婚三十年目の記念日。家族として歩んできた三十年の年月、その節目の年にわが家の太陽が消えてしまったのです。

私の心からも、太陽が、生きる希望が消えてしまいました。

娘はやりたいことがまだまだいっぱいあったのに。これからの人生なのに。私が代わってあげたかった……。

どうして、どうして……。いったいどうしてこんなことに……。

涙でかすんだ目で病室の外を見ると、あたりは夕陽に照らされ、神々しいまでに黄《こ》金《がね》色に輝いていました。

ああ、名前のように陽子が夕陽となって沈んでいく……。涙がとめどなくあふれてきました。

あの日の夕陽は一生忘れることができません。

もっと早く患者登録をしていれば……、私が娘を叱《しか》りつけてでも登録をさせておけば……、そう思うと、悔やまれてなりません。早く登録をしても、あのときのようにすぐにドナーが見つかるとは限りませんし、あるいは運命は変えようがなかったかもしれません。

でも、そんなふうに頭では思ってはいても、今でも夕焼けを見ると、陽子が逝《い》ってしまったあの日の夕陽が鮮明に心に浮かんできます。もう泣かないと誓ってみたところで、やはり涙が頬《ほお》をつたうのをどうすることもできません。

◆友情の輪

あと二カ月で骨髄移植手術だったのに、それを待てずにわずか二十五歳でこの世を去ってしまった陽子。あまりのことに悲しみがあとからあとから押し寄せてきました。

私自身も、もはや生きている気がしませんでした。

しかし、通夜、葬儀を営まなくてはなりません。

脱け殻のようになってしまって、準備をほとんど周りの方にしていただいた放心状態にいながらも、親としては、とにかく陽子のためにふつうのお通夜にはしたくありませんでした。

「陽子のラストステージ。あの子らしい形で送ってあげよう」

滂沱《ぼうだ》の涙を流しながらもそんなことを考え、気持ちを奮い立たせて、娘が歌っている舞台の様子と箏を演奏している姿をスライドで流すことにしました。

そんなさなか、仲間が訃報《ふほう》を聞いてすぐに駆けつけ、

「会場で踊って陽子を送りたい」

と言ってくださり、陽子の歌に合わせて踊ってくれました。

子供の頃はいじめに遭い、支えてくれる友だちが誰一人いなかった子でしたが、今はこうしていい友だちに恵まれていたのです。感激に胸が熱くなりました。

そして、その後、さらに驚くべき光景を目にすることになりました。なんと、通夜と葬儀に千人もの方たちが来てくださったのです。斎場の中でもいちばん大きな会場

を借りたのに、人、人、人……。会場に弔問客が入りきれず、急きょ、外に焼香所を設けたほどでした。

小学生の子供たちまで、アクターズスクールでいろいろと面倒をみてもらった、と言って、お母さん方に連れられて大勢来てくれました。

娘は「ねーさん」という愛称で親しまれ、いろんな人の相談に乗っていたのだそうです。

私たちの知らないこんなに大勢の人たちと、娘は人の輪を広げていた。親の知らないところで、本当にたくさんの友情の花を咲かせていた。たくさんの辛い目に遭ってきた娘でしたが、最後にはこんなすばらしい友情を手にしていた。

それが親として本当にありがたく、集まってくださった方々に感謝の思いで胸が熱くなりました。

「二十五年の人生で、こんな大勢の人を呼ぶ人はいませんよ。しかも、こんなに心から本人を偲《しの》んで来てくださっているなんて、多くの葬儀を取り仕切ってきましたが、初めてのことです」

葬儀社の方も言ってくれました。

たしかに、たった二十五年しか生きられなかったけれど、娘は思い切り生きたのだと思います。とくにアクターズスクールに入った二十歳から発病するまでの三年間は、好きな道でキラキラと輝いた時間を送っていました。

亡くなる半年前からは、将来を約束した五歳年下の彼と一緒に暮らし始めていました。ふつうなら娘の死を境に縁が切れてしまうものですが、彼は三回忌まで律儀に家に出入りしてくれて、陽子への愛を精いっぱい形にしてくれました。そんな好青年と出会い、その大好きな人とたとえ半年でも一緒に生活できたのは、せめてもの幸せでした。

病を宣告される直前のファミリーコンサートでは、虫が知らせたのでしょうか。

「ウエディングドレスみたいな真っ白な衣装でステージに立ちたい」

と言い出し、その望みもかなえました。

人の何倍も苦労したし、辛い目にも遭ってきたけれど、この三年間で娘は一生分を楽しんで生き抜いたにちがいありません。

◆記念演奏会

もし、この三年間がなかったら、私はいつまでも立ち直れなかったかもしれません。でも、陽子はニコニコ笑って夢に現れてくれたように、きっと満足した人生を送れたのだと思えるようになりました。

ただ、それは今の心境です。実際は、そう思えるようになるまでにはずいぶん時間がかかりました。

私は箏を教えていて、お弟子さんがいます。でも、娘が他界してからは、さすがに辛く、箏に向かうことができませんでした。もちろん教えることもできませんでした。

けれども、お弟子さんたちが、

「先生、お稽古《けいこ》始めよう……」

「お弾き初めしよう……」

と声をかけてくれたのです。

そうだ、私にはお弟子さんがいる。責任もある。強く生きなきゃいけない。お弟子さんたちに背中を押してもらえました。

高校の邦楽科に進んだあるお弟子さんは、学内実技試験上位者に選ばれ、札幌市立キタラ大ホールで晴れ姿を披露することになっていました。娘が亡くなった日がその演奏会の日。当日、箏を弾き終えてご両親と家に駆けつけてくださり、

「舞台に陽子ちゃんが来たの。弾き始めたら、陽子ちゃんを感じた……」

と言って、声を上げて泣いていました。

「陽子ちゃん、一緒に弾いてくれたんだね」

そう言ってくれたお弟子さん。娘は亡くなってしまったけれど、私には、この子たちがいる。この子たちを立派に育てる使命があると痛切に感じました。

人は一人では生きていけません。いろんな人に支えられ、いろんな人とともに生きている。娘が大勢の友人に支えられ、短いけれど充実した幸せな人生を送ったように、私も大勢の人に支えられて生きている。それを年若いお弟子さんたちに教えてもらったのです。

亡き母のすすめで始めた箏。なぜ習わなければいけないのか、嫌いで、嫌いで、お稽古に行くのが苦痛でした。しかし母が、自分の生きる道として身につけておかなければいけない、と私にさせた箏でした。何度も箏を続けられないような状況に置かれ

ながらも、こうして箏を続けてきてよかったと、母に感謝しました。前夫を火事で失ったとき、私を救ってくれたのも、やはり箏でした。

ただ、娘を亡くして初めのうちは箏を弾くたびごとに涙があふれ、楽譜も箏の絃もかすんでとてもお稽古になりませんでした。

そんなときでした。生前、娘が、

「お母さんが還暦になったら、社中だけで本格的な演奏会をしようよ」

と言ってくれたことを思い出しました。

一年間は四十九日だ、納骨だとあっという間に過ぎ、何かと慌ただしく気持も紛れるものですが、それを終えると、急に心にぽっかりと穴が開いたようになってしまいます。そんなとき、この娘の言葉を思い出し、

「そうだ。陽子の三回忌と私の還暦の演奏会を一緒にやろう」

と決意しました。

それが希望の光となり、悲しみを押しのけるように、箏の記念演奏会に取り組み、二〇〇六年十月十五日に陽子の追悼と私の還暦の記念演奏会を開催することができました。

個人の社中でこんなに大きな演奏会を開くことは難しいのですが、諸先生方にご理解とご協力をいただき、五百人収容の大ホールで開催することができたのです。

この演奏会の舞台監督は、主人がやってくれました。

桜が大好きだった陽子。東京からいらしてくださった先生と現在私が師事している先生と私の三人で『さくらの主題による六つの変奏曲』を、主人が編曲した『桜詩曲』をお弟子さんたちと演奏しました。また、母として、

「陽子のために、精いっぱい生き抜くからね」

と誓いを胸に、『思い出の歌声』という曲を一人で演奏しました。


陽子、二十五年間、たくさんの思い出をありがとう。

あなたは凝縮した人生を精いっぱい生き抜いたんだね。

今はもう姿は見えないけれど、千の風となって、世界中を飛び回って歌を歌い、楽しく踊って、そして私たちのそばにいてくれるんだよね。

あなたという娘がいてくれて、お父さんもお母さんもとても幸せでした。

もうお母さんは、悲しみの涙は流さないようにするからね。

陽子のために、精いっぱい生き抜くからね。

――そんな想いを込めて。

娘は今、八千本のソメイヨシノで知られる北海道でも有数の桜の名所、厚田戸田記念墓地公園に眠っています。桜が大好きな子でした。娘のお墓の前は、ちょうどソメイヨシノの並木になっていて、春になると、薄いピンク色のアーケードになります。

今年の春も、専門学校の友だちがお墓まいりをしたいと言って、訪ねてくれました。もう専門学校を卒業して七年もたつというのに、こうしてお墓まいりをしてくれる友だちがいるなんて、陽子は幸せ者です。

私たち家族の中だけでなく、友だちの心の中にも陽子は生き続けているんだね。そう、つぶやいて空を見上げると、桜の葉を揺らして柔らかな風が吹き抜けていきました。

恨みと後悔の長いトンネルを抜けて

——第二の人生の途上で、末期がんで逝《い》った夫

林 由美子（五十八歳）

◆農業への熱き思い

バブルといわれた経済繁栄の中、このままではいけない。社会のあり方を変えなければ、日本人の心も自然も培ってきた伝統も消えてしまう――と、

「後半の人生は百姓として生きたい！」

と熱望していた夫。

飼料・肥料メーカーに勤務していた夫は、社長から信頼され、取締役部長として責任ある立場に置かれて会社の新部門である肥料製造部門を取り仕切っていましたが、お酒を飲むとふだん押し殺している感情を爆発させるように饒舌《じょうぜつ》になり、飲むほどにますます農業に対する思いを熱く語っていました。

その頃、私はというと、子育てに夢中でした。国際化していく社会で、子供たちにいきいきと自分の夢を実現できる知識と学力を身につけさせたいと、それで頭がいっぱい。夫はなんでも自分一人で決め、事後報告が常だったので、私は夫の仕事上の葛《かっ》藤《とう》はもちろん、夫が会社で何をしているのかさえよく知らず、そんな夫の言葉を深く気にも止めず、聞き流していました。

ところが、子供がまだ小さかった頃、私たちの仲人でもあった社長の意向で、夫の会社がつくった有機肥料を販売する店の経営をまかせられることになりました。専業主婦で農業のことも知らないし、経営などできるはずもないと断ったのですが、つぶれてもいいからとにかく好きにやってみて、という社長の言葉に、無謀にもお引き受けすることに。

はじめのうちは母としての仕事を優先しての両立でしたが、専門の研究者や農家の方たちにいろいろなことを教わっていくうちにどんどん面白くなり、農家仲間と無農薬で野菜づくりをして販売する会社をつくるまでになりました。そして、経営ではなく、実際に自分の手で無農薬野菜づくりをしたいと考えるようになり、気がつけば、私の中でも農業への夢がふくらんでいきました。

いつしか私も、夫と同じように、現在の食について悩み、自分たちの手で本物をつくりだすことに第二の人生を賭《か》けたいと思うようになっていたのです。

長女が希望どおりの大学に進み、長男はアメリカの高校に進学したいと飛び立ち、二人だけの生活になると、子供に親として責任を負うのももう少しと考えたのか、夫はある夜、

「五十歳で会社を辞める」

と言い出しました。

明るい太陽を知らず、歩くことも走ることもなく密飼いされ、病気にならないように抗生物質を、早く太るよう高カロリーな餌を与えられて、四六時中餌をついばんでいるブロイラー。豚も、抗生物質やホルモン剤を投与され、糞尿《ふんにょう》でベタベタな豚舎で多頭飼育。豚は本来、きれい好きでとても繊細な神経をした動物。それがストレスフルな環境で飼育されることで、ほとんどが不健康な豚になっている。家畜は、生き物ではなく、単なる〝商品〟となってしまっている。農業にしても、安全・安心より経済効率優先――人間の欲に応えるべく、より効率よく、より安定した生産を追求するシステムの中では、生産者の良心も押しつぶされ、食の安全や健康への配慮はどんどん置き去りにされていく……。

夫は、仕事を通してそうした日本の食の現状を目《ま》の当たりにして、矛盾に苦しみ、そんなシステムの中で会社人間として働くことに疲れを感じていたのでした。

幾度となく退職願いを提出したものの、なかなか会社が受理してくれず、引き止められました。私も妻として止めなくてはいけないと諭されました。でも、夫の決意の固さを知っていた私は応援してあげたいと思いました。

こうして私たちは、夫が五十歳を目前にした一九九五年の年末、正式に退職届を出し、期は熟したという思いで、就農へ向けて進み始めました。

長い期間の夢を追いかけ、「農は食、食は命」という強い思いで第二の人生を農に求めた私たち。

この時点では、その後に苛酷《かこく》な運命が待ち受けていることなど、予想だにしませんでした。

◆就農への道

そもそも就農への道は厳しいものでした。

長崎県に住んでいた私たちは、どこで就農すべきか、あちこちの農地を見て回りました。何しろ五十歳の新規就農者です。受け入れてくれる行政があるところを探してみました。

しかし、行政機関、とくに農業委員会が簡単には受け入れてくれませんでした。離

農する人が相次いでいることに危機感をもち始めていた行政のほうが真剣に動いてくれたケースもありましたが、

「たとえ土地が荒れたままになってしまっても、知らない人間には貸したくない」

という農家の方が多く、なかなか決まりません。

そんななか、離農する人の土地を買わないかという話が農協から舞い込んできました。現在は酪農家が住んでいるが、農協の抵当に入っている借入金が払えず、農協としてもこの土地を売って清算したいということでした。

見に行くと、山間地でしたが、道をはさんで敷地が上と下にあり、牛舎は九百坪、山三ヘクタール、田畑は二ヘクタールもありました。

広い！　周りには自然公園があり、遠くには海が見渡せる。自然豊かで日当たりもよく、雑木林が多くて、何より景色がすばらしい！

理想の地に見えました。私たちは一目で気に入りました。

それまでずっと新規就農者を受け入れてくれるところがなく、なかなかいい土地を入手することができなかったので、農協が就農に関することをまとめてくれるからと、夫は農協にまかせて話を進めることを決意しました。

買う方向で話し合いがもたれ、交渉の末、二千七百万円で購入することになりました。住んでいた家と土地、それに父親の遺産の土地すべてを抵当に入れて、資金を借り入れました。

年齢も年齢ですし、これほど巨額な買い物をして、農業で払いきれるのか、多くの方が疑問視していたようでした。しかし、私たちの気持の中には、これまでの会社時代と同じ感覚で、借りたものは努力次第で返済していけるはずと考えていたところがありました。あとは自分の頑張り次第だと考えてしまったのです。

ところが、それは大きな間違いでした。努力だけではどうすることもできない問題もあったのです。

引っ越しをすませ、私たちの就農人生がスタートしました。

野菜をつくりさえすれば、質素に生き無駄な生活を慎めば、必ず借り入れたお金は返していけると前だけを見て進んでいました。

すぐに野菜をつくり始めました。売れ筋のジャガイモとタマネギを中心に、順調に作付けを進め、何もかもうまくいく気がしていきました。

しかし、山の上の大自然の中での生活は、考えた以上に厳しく、自然の猛威に最初から悩まされました。

梅雨に入り、ある日、大雨が降りました。倉庫にしていた牛舎の中にどんどん雨が入り込んできて、長靴の高さを超え、まったく水が引いていきません。見て回ると、牛舎の周りには排水路がなかったのです。これでは雨は行き場を失って、たまる一方になるのも当然でした。

秋に台風が来ると、今度はミシミシと異常な音が……。あまりの暴風雨に見に行くこともできず、雨が小振りになって見回りに出ると、なんと裏山の田んぼが崩れ、コンクリート壁を押し曲げて、牛舎を押しつぶす寸前で止まっていました。地滑りで開いた崖面からは、水がどんどん流れ出ていました。

わが家の上には国民休暇村があるのですが、その地続き部分を見て驚きました。わが家まで続いている簡易舗装した道が、ゴーゴー音を立てて流れる川になっていたのです。

木を伐採してしまうと、土地は保水力を失います。高原にしてしまうなら、水の排水のことを考えるべきだったのに、十分な排水路が設けられていなかったのです。これでは大雨が降ると、降った雨はそのまま濁流となって流れ下ってくるしかありません。その光景を目にして愕然《がくぜん》としました。

私たちはその事実をまったく知らされていませんでしたが、じつはここは、地滑り指定地区だったのです。

私たちは就農にあたり、三年間、三ヘクタールの畑で野菜をつくり、鶏を飼い、体験を積んで、周到に準備を重ねてきたつもりでした。販売や農業のイロハも、肥料販売会社という職業を十七年間続けてきたなかで十分身につけてきました。しかし、それは平坦で温暖な土地でのこと。山間の土地で就農することがどんなものか、まるで知恵がありませんでした。

前に就農した方のときも、大雨時には必ず災害が起きていたはずです。私たちの目に理想の土地と映ったこの土地は、そもそも野菜づくりは難しくてできない、そんな土地だったのです。

◆**誤算**

私たちが土地を買おうとしたとき、農協はここが地滑り指定地区であることを一言も伝えませんでした。

もちろん、自分たちで選んだ農地取得です。自己責任であることは間違いありません。しかし、農協が、その大切な話を持ち出さず話を進めたことに大きな疑問が残りました。

私は農協にだまされたと感じ、談判すると意気込みましたが、夫は最終的には自分たちの判断で決めたこと、今さら言っても無駄だと反対。結局、抗議することはしませんでした。

夫は、自分の力量のなさを反省し、どこをどのように変えれば野菜がつくれるか何度も失敗を繰り返しながら、人の倍も働きました。その姿は、何かにとり憑《つ》かれたように見えるほどでした。

大雨のたび、悩みは大きくて、畑には雨が浸水。とにかく対策をとる必要があり、大がかりな工事をすることを夫は決意しました。その総工費は七百万円を超え、これも借り入れで対応しました。

といっても、工事をすることで生産力が上がるわけでも何でもない、ただの災害工事。経営には大きな負担でした。

そうして、やっと水害対策ができ、本格的に野菜がつくれる畑にするまでに三年の月日を費やしてしまいました。

その間、理想の自然農に歩みを進めることもできず、生活は苦しくなる一方。当時、子供たちは大学生で、まだお金が必要な時期でもありました。私たちの生活は自給自足にはほど遠く、就農にあたって準備していた貯蓄を切り崩して生活にあてるしかありませんでした。

生活に窮すると喧嘩《けんか》もたびたび。意見の対立もしばしば。就農は幸せなことであったはずが、いつの間にか大切な支え合いを忘れ、ただただ仕事をこなすことだけ。ゆとりをなくしました。

私たちが目指した完全無農薬、無化学肥料の自然農は、除草剤などはいっさい使わず、草もすべて手でとる方法。その作業は毎日毎日続けなければなりません。少しでも休むと、野菜が草におおわれてしまいます。風邪をひいても、体調が不十分でも、仕事が待っている毎日でした。

それでも、自然の中での農作業は楽しく、豊かな自然に励まされる思いがすることもありました。

小鳥の声で目を覚まし、鳥の羽音に作業の手を休めて空を仰げば、気持ちいい風が頬《ほお》をなでていきます。

春には田んぼが美しいレンゲソウのピンク色のカーペットになり、夏は蛍が暑さで眠れぬ夜を癒《いや》してくれます。蜂たちが蜜を求めて飛び交う姿にも心なごみ、朝、稲の葉先につく夜露はまるでダイヤモンドの光のよう。

ときに大自然の猛威の前に人間の無力を痛感させられましたが、自然の豊かさには慰められ、言い知れぬ感動を味わうことができました。

日の出から日没まで働くのが百姓の姿だと、夫はいつも口にしていました。

私など、ときには休みがほしいし、仕事以外の趣味も旅行もときにはしたいと思いましたが、

「六十歳になったら、二人で日本中を旅しよう。頑張って生きてきたご褒美《ほうび》をあげるから」

と、夫は休むことも、遊ぶことも、許してはくれませんでした。

そんな厳しい農作業の日々が続きましたが、次第に野菜の宅配が軌道に乗り始め、やがて約百人の会員を抱えるまでになりました。

どんどん私たちは農業にのめり込み、気がついたときには年間七十種類の野菜をつくりこなし、畑は三ヘクタール、田んぼも四十アール、それもすべて無農薬でつくるようになっていました。

そのほか会員のために、味噌、梅干し、漬物もつくり、鶏を飼い、豚も飼い、いつしか文字どおり日の出から日没まで働き続けることが私の喜びになっていました。

◆異変

いつの間にか、支えてくださる方も増え、農業体験学習を毎月開催したり、私たちより一世代下の参加者の男性の協力で参加者のための宿舎をつくったり、活動の幅も広がりました。心通わせる友人がたくさんできて、精神的に追い込まれていた私たちにも、幸せを感じる日々が訪れました。

しかし、就農後七年目の二〇〇二年の夏、夫の身体に異変が見え出しました。

顔色が青白く、腰が痛いと辛そうにすることも多くなったのです。ひどくやせてきたこと、なのに、やけに下腹がぽっこりしてきたのも気がかりでした。農作業で疲れているのに、夜眠れない。寒くないはずの日に寒い寒いと言い出す。明らかに異常でした。

何かおかしいと思って、何度も病院にいくことを勧めたのですが、

「病気でもないのに」

と声を荒げて、頑《がん》として病院に行こうとしません。

しかし、夏を越した頃から症状がひどくなり、本人も我慢できず、十二月にしぶしぶ病院に行きました。すると、明日二人で来るようにと先生から言われたとのこと。そう話す夫の顔は暗く沈んでいました。

まんじりともせず朝を迎え、二人で病院に向かいました。

担当医は、ゆっくりとレントゲン写真と血液検査などのデータを示し、おもむろに口を開きました。

「おなかのリンパ腺がぼこぼこに腫《は》れていて、とてもひどい状態です。悪性リンパ腫の疑いがあります」

それほどひどかったとは。我慢にも、ほどがある……。言葉もなく、ただ呆然《ぼうぜん》と聞いていた私に、先生は、

「とにかく一日も早く血液内科のある病院で精密検査をする必要があります」と続けました。

夫は被爆二世です。我に返った私は、長崎の原爆病院への紹介状を書いていただきました。

翌日、すぐに原爆病院に走ると、そのまま入院。

先の先生の診断同様、まず悪性リンパ腫を疑われ、骨髄液をとることになったのですが、何度試しても骨髄液がない……。

「ないなどありえない」

有名な初老の医師は何度も試み、その途中で夫の貧血が極度にひどくなり、緊急輸血がなされました。

検査室から出てきた夫は顔面蒼白《そうはく》。意識もありませんでした。夫の身体は大変なことになっている――素人目にもそれがはっきりとわかりました。

検査の結果、夫の病名は「前立腺がん」。それも末期がんでした。

全身の骨に転移。そのために骨髄液がなくなっていたのでした。

「余命四カ月」を宣告されました。

ここまで悪いと手術もできない。抗がん剤も効かない。放射線も全身に転移している状態では使えない。ただ一つ、もしかしたら進行を抑える効果が期待できるものは、女性ホルモンを皮膚から注射することだと聞かされました。

突然突きつけられたその現実が信じられず、病室に戻って何を夫と話したのかも覚えていません。本人告知をされた夫も、自分の置かれた現実が理解できなかったようでした。

「何とかしなくては、何とかしなくては……」

頭の中がぐるぐる回り、現代医学ではほとんど打つ手がないという医師の言葉だけがこだましていました。

そのとき、ふと今まで健康な食について勉強してきたことが頭をよぎりました。何か方法はないものかと詳しい友人に電話をすると、

「このまま病院にいたらどんどん病状が進んで、医者が言うように命は四カ月になってしまう。退院して食事療法を試してみたらどうか」

と言われました。

たしかにそれも一理あると、病院で自宅での食事療法のことを相談しました。そして、まず外泊許可をいただき、一度帰宅することになりました。

健康なときから、私たちは、もし病気になって助からないとわかったらどうするかと話し合っていて、そのときは苦しめてまで延命治療をしないでほしいと、約束を交わしていました。しかし現実にこんな話をすることになるとは考えてもいませんでした。

私は、夫の精神状態が心配でした。夫は、命があと四カ月と告知された時点ですんなりと死を覚悟してまるで悟ったように見えました。そのことが私を不安にしていたのです。

なんとか、父として、夫として、息子として、百姓として、残さなくてはいけないものがたくさんあることを生きる気力にしてほしいと必死でした。

夫は農業を通して、多くの人を身体も心も健康にすることを願っていました。そのための努力も惜しまない人でした。ただ、あまりに生き急いでいました。

「太く短く生き抜きたい」

よくそう話していた夫は、その言葉のとおり、人生に幕を引こうとしていました。
そんな夫に、夫の母は、夢を大きくもちすぎてはいけない、と戒めた手紙をくれました。

母は、夫のよき理解者でいつも精神的に支えてくれ、農業をすることも心から応援してくれました。それゆえに、気力が失《う》せていく息子を見て、いてもたってもいられなかったのだと思います。

「自分の命さえも思うようにはならないものです。それなのに、他の人の命を助ける仕事がしたいとはおこがましくて聞き苦しい。謙虚に生きなさい」

その戒めは、母から息子への、愛ゆえの励ましの表現でもありました。

夫にしてみれば、辛い農業の仕事は、人のため社会のためと自分を鼓舞しないと乗り越えることができなかったというのが正直なところだったと思います。

でも、その母の言葉は、わが身を振り返る、いいきっかけになったにちがいありません。闘病中、愚痴めいた言葉や後悔の言葉は一言も口にしなかった夫ですが、この母の言葉のおかげで自分を反省して、さらに一歩踏み込んで、多くの人に「ありがとう」と言えるようになったのだと思います。

私たちが母にかけた心労のせいでしょう。母はその後、脳梗塞《こうそく》で倒れてしまい、現在、半身不随で入院中です。母には、親不孝をしてしまいました。お詫《わ》びの言葉もありません。そして本当に心から感謝しています。

とにかく、そうしたみんなの思いが伝わったのか、夫は何かを思い出したように気力を出して、家で食事療法をしてみると決意してくれました。外泊から一度病院に戻り、クリスマスの日、退院して自宅に帰ってきました。

ただ、そうしている間にも夫はますますやせて、顔は蒼白、貧血もひどくなってきていました。自宅で療養を始めたものの、たびたび輸血をしなくてはならない状態。造血のための食事療法をしたところで、そう簡単に造血できるわけもなく、腎臓の働きが悪くなって、結局、食事療法をしてくださる病院を探し当て、そこに入院することになりました。

その病院には同じような患者さんがたくさんいらして、夫には気分転換にもなったようで、本人の気力も増して、貧血も治まり、がんの指標数値も下がってきて、もしかしたら、このまま少しずつよくなるのでは……そんな気さえしてきました。

ところがある日、尿の出方が悪くなりだして、発熱。あわてて診察を受けると、がんで尿管が圧迫されているとのこと。管を通して緊急対応はしてもらいましたが、がんは確実に大きくなり、少しずつ少しずつ夫の身体を蝕《むしば》んでいたのです。

当時の私は、何とか苦痛だけは避けてやりたい、何か楽しみを見つけて穏やかな気持ちで過ごしてもらいたい、それだけを考えていました。

夫は絵を描くことが得意で、昔は油絵にも挑戦していた時期があったことを思い出して、絵手紙を描くことを勧めてみました。すると、夫もその気になってくれ、周りの皆さんにお礼状を書いたりして手紙での交流をするようになり、皆さんからたくさんの勇気と元気をいただくようになりました。娘とも毎日、まるで日記のように絵手紙をやりとりして楽しんでいました。

三月十八日の私の誕生日には、私にも絵手紙をくれました。

亭主関白で寡黙で、「黙って俺についてこい」タイプの夫は、それまで女が喜ぶようなそんなことをしてくれたことなどありませんでした。

しかも、そこには思いがけない言葉が大きく書かれていました。

「ありがとう！」

夫は、そう書いてくれたのです。

あの亭主関白な人が、初めて私にありがとうと優しい言葉を書いてくれた……。思わず、あたたかい涙がこぼれました。

どんどん昔の穏やかな優しさを取り戻していく夫が嬉しくて、私の中にもほっとした気持ちが出てきていました。

◆最期のとき

しかし、七月十三日、右腕を骨折。

「お気の毒ですが、腕の骨ががんに侵され、もうボロボロで骨をつなぐ方法はありません」

と告げられました。

腕が折れてからは、病状はどんどん悪くなりだし、痛みも激しく、歩くことも辛くなりました。首のリンパ節が大きく腫れだして、不安が募る毎日でした。

それでも、何とか気分転換をと、車椅子を積んで車で河原に出かけてスケッチをしたり、何年ぶりだろうと思える穏やかな時間を二人で過ごしました。

このまま時間が止まってくれたらいいのに……。

神様に祈る日々でした。

でも、ある日、目の中に蝶々《ちょうちょ》が飛ぶように見えると言い出しました。がんがとうとう頭に転移してしまったのです。

「先生、何とかしてください！　助けてください！」

すがるような気持ちで何か方法がないのか尋ねると、「ガンマーナイフ」といって、脳幹を圧迫しているがんに放射線を当てて、抑える方法があると言われ、最新設備のある病院でその治療を受けることになりました。

発病から一年九カ月、たくさんの山を越え、四カ月といわれた命がここまで生きてこられたのです。だから、今度もきっと奇跡が起こってくれるはず……。そう信じました。

しかし、がんは脳幹のすぐそばまで迫ってきていて、放射線を当てられない部分が残ってしまいました。

治療後まもなく、様子がおかしくなりました。

「お父さん？」

声をかけても、

「うん？」

と返事をするものの、下を向いたきり。目もうつろ。

それからすぐに意識が混濁し始め、呼吸も困難に。

あまりの急展開に気持ちがついていかず、どうしよう？　どうしよう？　と何をどうしていいのかわかりませんでした。

とにかく娘に帰ってくるように連絡。娘と二人で看病に入りました。夫の母と兄にも連絡。

兄が来てくれた日、眠り続けていた夫に、

「お兄さんよ！　お兄さんが来てくれたのよ」

と声をかけると、目を開けました。

「わかる？　お兄さんよ、わかる？」

と言うと、頷《うなず》いてくれたのです。

「意識が戻った！」

みんなで喜びました。

が、その夜からまた意識がなくなり、痰《たん》がからみだしました。

「このままでは痰が詰まって死期を早めることになります。気管を切開して管を通す処置をします」

なすすべもなく、その処置を見つめるしかありませんでした。

一日に何度も痰をとりにきてくださる看護師さん。痰がからんで苦しそうにしている夫も、痰をとるとすやすやと寝ています。もしかして意識は戻らないけど、このまま命は永らえてくれるのでは……と思うほど穏やかな顔で数日を過ごしました。

しかし、二〇〇四年十月十九日、血圧が下がりだし、私の目にも死期が近いことを悟れるような状態になってしまいました。

翌二十日早朝、大きな台風が近づいてきて、激しい雨が降りだしました。最大風速を観測した大荒れの雨風の中、夫の呼吸が乱れだし、担当医の先生がくる朝九時を待つように、大きく息を吸うと、スーッとそのまま天国に旅立っていきました。

◆長いトンネル

約二年の闘病の末、夫は亡くなりました。

昨夜の大荒れの天候が嘘のような穏やかな日、夫はわが家に帰りました。途中では高速道路が通行止めになり、あちこちに木が倒れ、車まで横転していました。

まるで台風が夫を連れていったようでした。

夫が逝《い》った直後は、何もかもがバタバタと進んでしまい、私はただ呆然と周りの皆さんの動きについていっているだけの状態でした。悲しんだり落ち込んだり嘆いたりする間もなく、しなくてはいけないことをぼんやりとこなしていました。

悲しさ、寂しさがこみ上げてきたのは、親戚が帰り、お寺参りもすんで、娘が帰り、息子が帰ってからです。

夫がいない家にたった一人……。眠れず、毎夜お酒を飲み、夜中にたくさんのものを食べ、不健康の塊《かたまり》のような生活が始まりました。

夫が亡くなって一週間、悲しみで自分の気持ちをどうしていいかわからず、周りを恨み、気持ちが落ち込んでそこから抜け出せなくなりました。

何もかもが辛くて、まるで農業が夫を死へと導いたように感じていました。

なぜ、こんな厳しい条件の田畑を売りつけたの？

なぜ、まじめに新規就農したいと願った私たちをここまで苦しめたの？

農業さえしなければ……。

何もかも、後悔ばかりで、人のせいにして恨みから抜け出せなくなっていました。

そんなとき、私たちのことを「お父さん、お母さん」と呼んで慕ってくれる一人の若い女性から、『千の風になって』が送られてきました。

夫が元気な頃、親友の助けを借りて農業体験学習を毎月していました。農業を身近に感じて、食べるものを手づくりする喜びを感じたいと、毎月十七家族がまるで親戚みたいになって集まっていました。参加者の中には、若い女性もいて、彼女はその中の一人でした。

おそらく彼女は、私にどう声をかけようかと悩んだ末に、この本を送ってくださったのだと思います。

しかし、当時の私は何を見ても、喪失感でいてもたってもいられない時期。この本でますます涙が流れて止まらず、悲しくて二度と本を開きませんでした。

このとき、私は、長いトンネルをなかなか抜け出ることができないままでいました。

◆再起

その頃、大学を卒業した息子が病院で夫と交わした約束を守って、帰ってきてくれました。夫の入院中、必死に闘病生活をする夫に向かって、

「自分が継ぐよ」

と息子が言ってくれていたのでした。

私は、夫を安心させるためにそう言ったのだと思っていました。口の重い息子の父親への最大の優しさを込めた言葉だと思っていました。でも本当に、息子は帰ってきてくれたのです。

息子が帰ってきて、私の生活も明るくなり、毎晩浴びるよう飲んでいたお酒も少なくなりました。

そして、夫が自分の後半の人生のすべてを注いで伝えたかったこと、子供たちに私に、また多くの人たちにも伝えたかったことを、私なりに体感しながら息子に引き継いでいけたらと、農業を続ける決意を固め、二〇〇五年四月、息子と二人での就農生

活をふたたびスタートさせました。

ただ、ここを引き継ぐということは、借入金を支払う体制をつくらなければならないことを意味します。ただでさえ難しい農業で、収入を確保する道を見つけられるか、自信はありませんでした。

そんなとき、昔の体験学習の経験を生かして、農家民泊をすることにしたらどうかというお薦めをいただき、勉強のため、息子と八女にある農家民泊に泊まりに行ってみました。

オーナーの女性が歓迎のために歌を歌ってくれました。それが、またも『千の風になって』でした。

ああ、あの若い女性が送ってくれた、あのときの……。以前送ってもらった本のことを思い出して涙が止まりませんでした。

歌詞がズシリと胸に響きました。悲しくて、悲しくて、恨みに心を囚《とら》われていたあのときには耳に入らなかった歌詞が、すうーっと心に届きました。

秋には光になって　畑にふりそそぐ

冬はダイヤのように　きらめく雪になる
朝は鳥になって　あなたを目覚めさせる
夜は星になって　あなたを見守る

夫は天国から私たちを見守り、風になって力を貸してくれている、そばにいてくれていると、心の底から感じました。

一年がたち、私は、やっと現実を受け止め、歌詞を受け止めることができるようになったのでした。

心にかかっていた霧が晴れていくのを感じました。

その後、テレビから『千の風になって』が流れてくるのをよく聞くようになりました。その頃には、一度は離農することを考え、逃げ出そうとしていた私の心も、二人の子供たちにも支えられ、周りが明るく美しく見えるようになっていました。前向きにものを考えられるようになりだしていました。

息子も農業を前向きに考えて、新しい形で自分なりに農業をしたいと言い出しました。息子は夫によく似ていて、田舎で暮らすこと、自然の中で暮らすことを選びました。知り合いも増え、やっと継いでいける自信ができたようです。

息子が考えた新しい農業の形は、豚を放牧で飼い、養豚を職業にしたいというものでした。

母親としてはお嫁さんが来ないかもとか、素人の息子が本当にできるのだろうかと心配でしたが、息子は放牧で成功している方のところで研修をしてきました。といっても二日間のことでしたが、今までの養豚業とは違う、自然に放牧して自然に出産させることができる様子を見て、自分でもできると決心したようです。帰ってきて、目をキラキラさせ、希望に胸をふくらませて、自分の目で見た自然放牧の感動を話してくれました。私も、息子の夢を実現させたい！　と強く考えるようになっていました。

ただ現実には、この十三年間で、資金はすべて費やして農業を続けてきました。夫の病気ですべての貯えを使い果たし、息子が何かを始めるにも、どうにも前に進むことができない状態にありました。

ところが、そんなとき、不思議なことが続いて、夫の昔の部下だった人がある会社の方を連れてわが家を見学に来られ、その方が出資を申し出てくださったのです。すぐに放牧場をつくり規模拡大に進みました。その間、わずか一カ月。不思議なご縁です。

二〇〇七年二月からは、ことがどんどん進んで、とうとう子豚を買い、育てが始まりました。

息子の夢は、交配でわが家独自の豚をつくりたいというもの。まず、ＬＷ（多産系のランドレース種／Ｌの雌に、成長の速い大ヨークシャー種／Ｗをかけ合わせて得た雌豚）を五頭買いました。続いてデュロックの雄一頭。黒豚の雌五頭。わが家独自の豚が生まれるまで、肉用豚十九頭も飼い始めました。毎日残飯を病院や老人ホームに取りに行き、草を刈って食べさせ、元気いっぱいに畑を走り回る豚が息子を元気づけるようです。息子に合った仕事だったようです。

現在は、春から子豚の出産が相次ぎ、八十四頭の豚を育てるまでになりました。

夫亡きあと、こうして立ち直るきっかけを、『千の風になって』が運んでくれた気がします。心から感謝しています。

地域は、高齢化が進んで七十代が農業を支えています。若い人は大半が働きに出ています。ほとんどが農業を継いでいくことを考えることはできないのが現実です。息子の頑張りを応援して、地域が少しでも活性化して新しい農業の形が引き継がれることを心から願い、今、私はそのための努力を続けていこうと誓っています。

道路のすぐそばで寝転ぶたくさんの豚たちの姿を見て、車を止めて眺める人が増えてきました。経済効率だけを追求して、規模を拡大させた機械化養豚から脱却できたらいいと心から思っています。

お正月には、黒い迷い猫がわが家にいついて、とうとう家猫になりました。名前は端的に「黒」。続いて先日、黒豚が五頭、わが家にやってきました。どうも、黒は、わが家の幸せの色かもしれないという気がしています。

そうした動物たちは、天国から見ている夫のお使いのような気もします。

このところ、雨が降るときは必ずといっていいほど、強風が吹き荒れます。この風は夫かも……とも思います。

ときには厳しく、ときには優しく、ときには心地よく、私たちの周りをそよいでいる風。そんな風になって、夫がいつも私たちのそばで見守ってくれている気がしています。

ありがとう！

周りのすべてに、心からそう伝えたいと思います。

やっと素直に「ありがとう」と言えるようになりました。

お父さん、ありがとう！

世界はなんて美しいのでしょう。

たくさんの方に支えられ、生きてきました。

ここにあらためて心からお礼を申し上げます。

本当にありがとうございます！

今、私は、お世話になった皆さんに、そして周りのすべてのものに、感謝してやみません。

家族へのラブレター

——病床で家族のために手紙を書き続けた妻

豊岡隆保《たかやす》（四十八歳）

◆優しい風になって

「愛と感謝の心につつまれて、優しい風になる……south winds」

私の妻のお墓に刻まれた追悼の碑銘です。

妻のハンドルネームは「kaze」、そして「south winds」。若い頃、キャビンアテンダントだった妻は、「風」につながる言葉が大好きでした。

そんな妻のお墓は、自宅からほど近い高台に建立しました。

わが家を見下ろす風通る丘——。お墓の前にたたずんでいると、私の背中から丘の下に向かってやわらかな風が吹き抜けていきます。ああ、房子だ……。その刹那《せつな》、妻を感じ、心が震えます。

抱えきれないほどの思い出と愛を家族に残してくれた妻。彼女を悼む気持ちは簡単に癒《い》えるものではありません。それでも最近、『千の風になって』をしっかり聴けるようになりました。きっと妻は風になって、いつもわが家に帰ってきている。「kaze」は優しい風になって、いつも私たちを見守り続けてくれている。そう信じられるようになりました。

愛と感謝の心につつまれて、優しい風になる……。風に妻を感じて、私は今、毎日を生きています。

◆宣告

妻は二〇〇四年五月に、がんを告知されました。

五年後の生存率は二十％以下といわれるスキルス胃がん。「余命三カ月」を医者から宣告され、そこから私たち家族の闘いが始まりました。

最初は病名を伏していましたが、このネット社会です。ほどなく妻は自分の病名と余命を知ることとなりました。

ある日、会社から帰ると、妻が思いつめた顔で、

「私ね……自分で調べたのよ、病気のこと……。がんでしょ、私……？　先生からそう言われたんじゃないの？　隠しているでしょ、それも末期でしょ」

そう言って、私を問いただしたのです。

「何を言ってるんだ。先生は手術すれば治るって言ったじゃないか。何も隠している

ことなんかないよ」

絞りだすように答えた私の言葉に、彼女は苛《いら》立《だ》ちを露《あら》わにして、

「なんで、そんな嘘をつくの。自分のことは自分がいちばんわかる。私はいつまで生きられるの？　あと何カ月？　何年？　……それとも、もう手遅れなの？　先生に聞いたんでしょ？　教えてよ、パパ。夫婦でしょ、私たち。隠さないでよ」

「だから……治るんだよ！」

いくら必至に抗弁しても、妻には虚《むな》しく響いたのでしょう。

「もういい！」

妻は部屋から飛び出し、二階に上がって行ってしまいました。

それからしばらくは、お互いその話題にはふれず、わだかまりをもったまま、ギクシャクとした生活が続きました。

その間、妻は一人、恐怖と闘っていたにちがいありません。数日後、妻は、私に話しかけてきました。

「パパ、この間はごめんね、私、病気が治るんだったら、がんであろうとなかろうと手術は受けるね。そして病気と闘うの！　だって、私にはやりたいことがたくさんあ

るし、子供たちのためにやらなければいけないことが山のようにあるんだから。泣いてなんていられない。絶対に病気には負けないよ。パパも私をちゃんと見ていてね。いろいろ苦労かけるかもしれないけど、協力してね」

長男の宏崇は十九歳。大学生になったばかりで、ロックバンドでドラムに熱中。次男の孝章は十七歳で高校野球に明け暮れ、甲子園を目指している。そして長女の里紗は天真爛漫《てんしんらんまん》な十四歳。そんな家族みんなのために頑張ると……。

「孝章の高校野球の応援もあるし、大学入試もあるでしょ。里紗の高校入試もある。里紗の成人式だってあるし、宏崇のライブも見に行かなきゃいけないし……」

遠くを見つめながら、妻は話し続けていました。

翌朝、通勤の車の中で、房子の言葉を思い出していました。きっとものすごいジレンマと闘いながら、自分が今しなければならないことを必死に考えたんだろうな。そう思うと、涙があふれてきました。

ちょうどそのとき、ラジオから『千の風になって』が流れてきました。それは、当時の私にはとても最後まで聴くことができない衝撃の内容。思わずラジオのスイッチを切ってしまいました。

◆死へのカウントダウン

そして、入院。二〇〇四年七月一日に手術して、胃の全摘出。

手術については、ずいぶん悩みました。胃を全部摘出しても完治する可能性はゼロに近い。しかも胃の全摘出は、今後残り少ない人生を生きていくうえで、食べるという力の源を剥奪《はくだつ》してしまうことになります。それが正しい判断なのか。もしかしたら手術せずにそのままのほうがいいのかも……。手術が決まってからも躊躇《ちゅうちょ》していました。

手術は成功しましたが、

「しかし、がんの因子が身体のどこかに残されている可能性は十分あります。その因子を探すことは今の医学では不可能。再発しないことを願うばかりです。覚悟はなさっていてください」

という執刀医の言葉に、私は今さらながら、手術の意味について思いめぐらせてしまいました。

それから三週間で退院することになった房子。家族がおいしそうに食べているものでも一緒に食べられない。ものを食べたくても、食べられない。食べたら、全部吐いてしまう。そのストレスはどうしようもありませんでした。抗がん剤の服用でも辛い思いをしていました。

とはいえ、ありがたいことに、とても元気になって、前以上に熱心に、子供たちの好きな料理をあれこれ作ったり、家中をぴかぴかに磨きあげたり、庭の手入れをしたり、楽しそうに家事にいそしみ、数カ月後には、職場に復帰。大きな流通系の会社で組合の広報誌の作成を担当していた彼女は、仕事にも家庭にも前以上にやりがいを感じているようでした。

苦しい毎日を一日一日と積み重ねていき、少しずつ回復しているのではないかと思われるようになり、宣告されていた「余命三カ月」も無事にクリア。私たち家族は、「妻が死ぬ」「母が死ぬ」ということが近い将来現実になるなんてことはないと思うようになっていました。

きっと房子はもうがんになんてならない。もっと元気になって、一緒に生きていける、と思い始めていました。

しかし……。

二〇〇五年五月の定期検診で再発が発覚。

再発――いちばん恐れていた、聞きたくなかった言葉、故意に避けていた言葉を聞くことになってしまったのです。努めて見ないことにしていた現実が立ちはだかってきました。

スキルス胃がんの再発は、〝死〟を意味します。

「再発した場合は、あとどれだけの命かは保証できません、ただ言えるのは、長くはないということです」

当初宣告されていたことが、まさに現実になりつつありました。

◆奇跡の夏

この頃から、入退院の繰り返しの日々が続きました。

ただ、再発から一カ月ほどして、希望をもてるようなことが始まりました。この年は次男、孝章が熱中していた高校野球最後の年。全国高等学校野球選手権大会福岡大会が始まったのです。

「母さんを絶対甲子園に連れて行く」

　そう誓った次男の暑い夏は、そのままわが家の希望の光になりました。

　福岡県の高校野球予選は、まず南部と北部に分かれ、それぞれ上位八チームが県大会に出場できる権利を獲得。そして県大会で、その十六チームが甲子園出場を競うシステムになっています。福岡県百四十校の中から頂上を目指すのは至難の業。しかも、次男の通う学校は、県下有数の県立の進学校。野球でも伝統のある高校だったものの、県下の強豪校はほとんどが特待生を集めた私立で、最近は有名私立高校が甲子園出場の常連になっていました。

　その中で頂点を目指すのは、とても実現不可能なことと思われましたが、次男の高校は県北部予選を破竹の勢いで突破し、県大会進出を決めたのです。

　県北部予選では病室で応援していた妻でしたが、県大会には、担当医に球場での観戦を頼み込みました。

「今は水分補給できない身体なのですからダメです。脱水症状になったら、命の保証はできません」

　という担当医に、

「でも先生、息子の試合を見て、生きる希望が大きくなったほうがいい気がするんです。息子は私を甲子園に連れて行くって言っているんです。だから私もできることはしてやりたいんです！　今、息子が野球するところを見られなかったら、私、先生を恨みます」

こう懇願して、とうとう、

「野球場に点滴の装置を持っていって、点滴しながら応援するなら」

という条件付きで外出許可を取り付けました。

健康な人間は暑ければ、水分を補給。喉から「ごくごく」と一気に冷たい飲み物を補給できます。しかし、妻は胃を全摘出しており、水分を口からとることはできません。頼みは点滴のみ。でも喉が渇くのは健常者と一緒です。その辛さを取り除いてやることは誰にもできないのです。

妻は、前日に病院から自宅に帰ってきて、試合当日には、早朝から起きて孝章のためにスタミナ弁当を作っていました。いったい、どこにそんなパワーが残っているのか。子を思う母の強さというのはたいしたものです。

その日は、気温三十五℃を超える猛暑。健康な人間でもまいる暑さでしたが、力ない足取りでやっとのことで球場の階段を上がった妻は、辛い顔ひとつ見せず、みんなと一緒にメガホンを持って応援しました。

県大会一回戦の相手は、特待生を中心とした私立強豪チーム。とくにピッチャーは速球派で、かなりの苦戦が予想されました。予想どおりその速球を打ちあぐね、打線からは快音が聞かれず、一点を奪取されて、いやな負けムード。

こちらは六回まで無得点。七回の先頭バッターは、打順よくチーム一の打撃力を持つ選手。しかしタイミングを外され、セカンドゴロ。またこの回もダメか、そんな雰囲気が応援スタンドを漂い始めていました。そこへアナウンスが孝章の打順を告げました。

「二番、サード、豊岡君」

一アウトでバッターボックスに立った孝章。息をのんでみんなが見つめる中、相手ピッチャーの速球をフルスイング。

「カーン！」

打球はセンターの頭上を大きく超えて、センターオーバーの三塁打に！

初の長打。これで流れは大きく変わり、選手たちは次々とヒットを繰り出し、なんと次男の高校は県大会の初戦を勝利で飾ったのです。

二回戦も、妻は炎天下の中、自分ががん患者であることを忘れたように応援をしていました。そのかいあって、この試合でも孝章は打ちまくり、新聞のヒーローインタビューを受けました。

その新聞記事を病室で嬉しそうに読んでいた房子。

「これ、孝章のコメントは載ってるのに、写真が載ってないのよ。もう」

「それはしかたないよ。でも、すごいな。本当に甲子園行くかもしれんぞ」

「甲子園行ったら、大阪のおばちゃんところに泊めてもらおうかな」

息子の野球を見るたびに、元気になっていく。本当に高校野球が永遠に続いてくれたらいいのに……と思いながら、私はいつもの辛そうな房子の顔を忘れかけていました。

県大会はベスト8まで来ました。準々決勝、ここでも孝章は打点を稼ぐ活躍を見せてくれ、見事勝利を果たしました。

いよいよ、次は準決勝戦。福岡県ベスト4など、県立高校では七年ぶりの快挙。夢のようでした。

これは奇跡なのだろうか。房子がパワーを与え続けているのだろうか。あと二つ勝てば夢の甲子園。「絶対に母さんを甲子園に連れて行く」と言っている孝章の夢が実現する。これは奇跡が本当に起こるかもしれないと、感じ始めていました。

準決勝当日も、外出許可をとった妻は孝章にスタミナ弁当を作って、孝章を送り出しました。

「いよいよ、ここまで来たなあ。奇跡だよな。房子が熱心に応援行ったから、子供たちも元気をもらっているのかもな」

「元気をもらっているのは私よ。本当に、最後の最後まで、私に元気を、生きる勇気を与えてくれている。感謝しなきゃいけないわ。きっと今日も勝つよ。絶対に勝てる」

相手は、優勝候補です。県南部予選から準々決勝まで、すべてコールド勝ち。ピッチャーは一点もとられていません。大会屈指の左腕で、勝てる要素はまったくありませんでしたが……でも奇跡は起こるかもしれない。

応援席はあふれんばかりの観客で満員でした。その中には、小学校、中学校のチームメート、お世話になった監督、先生、そして野球は嫌いだと言って、中学野球部の四番をまかせられながら途中で野球をやめて今はバンド活動をしている兄の宏崇が彼女と一緒にスタンドに応援に来ていました。

「やっぱり、お兄ちゃんは、何も言わないけど、ちゃんとしてくれるね」

妻は宏崇に手を振りながら、頬《ほほ》をつたう涙をハンカチでぬぐいました。

午前十時、運命のプレイボール。

やはり相手ペースで試合は進みました。打線はまったく振るわず、完全に抑えられて、六回までノーヒットノーラン。一方、相手チームのヒットは十本を超えるも、点は一点も入らない、なぜか不思議な試合でした。

しかし、ここまで何とか相手打線を零点に抑えてきたピッチャーが、先頭バッターに投げた初球をレフトスタンド場外に持っていかれました。

場外ホームラン。大きくのしかかる一点。均衡は破れたのです。

その後、こちらチームは、なかなか相手のピッチャーを切り崩すことはできず、とうとう一点ビハインドのまま九回の裏。二アウトランナーなしという場面で、

「二番、サード、豊岡君」

神様のいたずらか、ここで孝章がバッターボックスに立つことになったのです。

なんというシナリオ。神様は最後のチャンスを与えてくれたのか。もしかしたら、初戦のようにここから、逆転が始まるかも……。

しかし、左腕の鋭い切れのあるカーブが決まり、孝章のバットは虚しく空を切り、あっという間に二ストライク一ボール。そして相手からのラストボールは外角ぎりぎりの鋭いカーブ。孝章がバットを伸ばすが、ボールはキャッチャーミットに吸い込まれていきました。

「ストライク、バッターアウト、ゲームセット」

孝章の夏は、そして妻の夢も終わりました。

奇跡は起きませんでした。

バッターボックスに立ちつくす孝章。放心状態の孝章の顔は今でもはっきり覚えています。

審判に一礼するとスタンドに向けて走ってくる選手たち。孝章は少し遅れて、ほかの選手に腕を支えてもらいながら、走ってきました。もう泣いています。

「よく頑張った！　いい試合だった！」

スタンドからはねぎらいの声が上がりました。

妻も、涙を流しながらも満足した顔をしていました。

「私、孝章にたくさん元気をもらった。私、また頑張る気持ちがわいてきた」

私がスタンドから降りて房子を車椅子に乗せていると、房子のところへ、孝章がその大きな身体を寄せてきました。

房子は、思いっきり孝章の手を握りしめ、

「よく頑張ったね。よく頑張ったね」

号泣しながら、何度も孝章の身体を力ない手で叩《たた》いていました。

「ありがとうございました！」

孝章は一礼して、チームメートのところに戻っていきました。目が真っ赤でした。

球場から車で自宅へ帰る途中、妻と私は興奮さめやらぬ思いで話していました。

「帰ったらごちそうを作ってやらなきゃ。何がいいかな。やっぱり肉料理よね」

「本当によく頑張ったしな。宏崇も応援に来てくれたし、房子も元気もらったし、みんなでお祝いだな」

いろいろな力が作用し結集して、ここまで妻に思い出をたくさんつくってくれたのだ、とすべての出来事に感謝しました。

すると、妻の携帯にメールが着信し、突然、助手席の妻が泣き出したのです。

「どうしたんだ？　気分でも悪いのか？」

と聞くと、

「パパ、これ見て」

大粒の涙を流しながら、孝章からのメールを差し出しました。

「母さん、甲子園連れていけなくてごめん　孝章」

思わず涙があふれ、車を止めて、二人で手を握り合って泣きました。

◆道標に

子供に生きる勇気をもらい、暑い夏を乗り越えた妻は、入退院を繰り返しながらも、一日一日の大切さをかみ締めながら、生きていました。

そんなある日、妻が、話があると仕事から帰宅した私を呼び止めました。

「パパ、お願いがあるんだけど……。買ってほしいものがあるの。今じゃなくてもいいんだけど……」

あらたまっての言い方にいぶかって、

「何？　いいよ。言ってみな」

と尋ねると、

「じつはね、私のお墓なの……。すぐ近くの百合ヶ丘霊園ってあるでしょ、そこに買ってほしいんだ。この間行ってみたの。とても見晴らしがよくて、気持ちいい風が吹いていて、ウチが見えるのよ」

妻は自分自身で、自分の入るお墓を探して歩いていたのです。

「しかし、今決めなくてもいいんじゃないか。」

「でも、いつかはいるんだし……。どうせ、どこかに買わなきゃいけないでしょ」

自分の入るお墓を探し歩き、わが家が見える近くの霊園を見つけてきた房子。その気持ちを考えると、たまらなく……私は返事をすることができませんでした。

十月になる頃には、今までの抗がん剤では効かなくなり、より効果の強い薬剤を投与するしかない状態になってきました。今度の抗がん剤は、免疫力が低下し、脱毛する薬。女性にとっては辛い薬であるし、それを使わざるを得ないということは、より病状が深刻になってきたという証しでした。

入院時間が徐々に増えてきて、妻自身も自分の命の限界を感じてきたのでしょう。この頃から、残していく家族のために病床で手記を書き始めていたのです。

いつ買ったのか、青い水玉のノート……。

その存在はまだこの時点では、私たち家族は誰も知らないことでした。

＊

家族へのラブレター――――平成十七年秋　病室にて

私の命がいつ消えるかわからない中で
私の大切な子供たちへ
あなたたちが、巣立つまで　そばにいてあげられない。
だから、せめて道標を残してあげたい。

神様　どうか四月まで孝章が大学へ旅立ち
里紗が高校の制服を着るまで
私に命をください。
どうか安心して受験のことだけ考えられますように。

——あとが続かない。あまりにもたくさんの思い出があり過ぎて、あまりにも多くのことを子供たちに伝えなければならないと思うと、考えがまとまらない。何から書いていいのか。開いては閉じ、また開いては閉じる。

◆未来に向けて

年が明けると、次男の高校三年の孝章と中学三年の里紗の受験です。

里紗は母がキャビンアテンダントであったこともあり、自分もそれに関係する仕事に就きたいと、県下唯一の英語科のある高校を目指すことになりました。

しかし孝章は進学する大学を悩んでいました。自身は関西方面の大学で大学野球をしたい希望があるようでしたが、残り少ない母の命に気づいているようで、地元の大学を受けようと気持ちを切り替えていました。

「孝章、もし母さんのことが気がかりなら、大丈夫よ。母さんはがんになんて負けんから。孝章も自分の進みたい大学に行きなさい」

「いや、俺決めたから。どうせ関西の大学で野球してもレギュラーになれんし、地元の大学に行って、一年からレギュラーになって、また母さんに俺の野球を見てもらいたいから。もう俺決めたから」

孝章は性格が妻によく似ていて、一度決めたことは絶対やり通す主義。それをよくわかっている妻は、自分のことを気にかけて、子供が希望する進路に進めないのが残念でならなかったようですが、孝章の固い決意に納得。そして、

「わかったわ。地元の大学なら入学式にも出られるし、いつでも野球の試合見に行けるね。でもその前に、孝章と里紗が合格したら、沖縄行こう、家族で。ね、そうしよう、パパ」

と言い出しました。

「え……。そ、そうだな、みんなで沖縄に行こうな」

戸惑う私に、

「私のことが心配なんでしょ。心配なんていらないよ。元気になるから」

房子の夢がまた一つ増えました。また生きる希望がずっと先まで延びてきて、終わりなどこない気がしました。きっとその夢の実現のために、房子はまた考えられないような頑張りをしてくれるにちがいないと思いました。

しかし、その気持ちとは裏腹に、身体は確実にがん細胞に蝕《むしば》まれ始めていたのです。十一月末、大腸への転移が原因で腹痛が頻繁となり、口からの食事はとっていないにもかかわらず、嘔吐《おうと》を繰り返すように……。生命の存続さえも危ぶまれたため、緊急手術を行うことになりました。

事態は深刻で、この手術いかんによっては死の覚悟をせざるをえない状態でした。しかも、今回の手術は成功したとしても延命のためのもの。だが、それ以前に、この弱った身体で手術に耐えられるだろうか。

しかし執刀しなければ、間違いなく数日で死に至る症状との宣告を受けたため、妻は迷わず手術を受けました。一日でも永く生きることを、また家族で決めた夢を実現するために……。

六時間にも及んだ手術は成功し、何とかクリスマスには退院ができて、家族一緒に過ごすことができました。

発病して余命三カ月を宣告されてから、二度目のクリスマス。その生命力は奇跡にも近いものがありましたが、症状からすると、おそらく今度が最後になるだろう。ラストクリスマス……そう思うと、思わず目頭が熱くなりました。

そして、新しい年がやってきました。妻は相変わらず、入退院の繰り返し。抗がん剤との闘いで、髪はほとんど抜け落ちていました。めっきり体力もなくなり、妻は自力で二階の寝室に行くことができなくなったため、一階の和室に介護用のベッドを設置して寝起きをすることにしました。

歩くのもやっと。トイレに行くのも、台所に行くのにも、壁つたいに歩く状態。なのに、妻は孝章の弁当を毎朝五時に起きてせっせと作り、持たせていました。

三月、孝章の大学受験、里紗の高校受験ともに見事に志望校に合格。すると、妻は、約束どおり沖縄へ家族旅行に行きたいと言い出しました。

「そりゃ無理だろ。飛行機はダメだ。遠すぎる。沖縄は、海の向こうだよ。それに日差しも強いし。だいいち病院の先生の許可が絶対出ないよ」

「無理はわかっているの。でも行きたいの。春休みしかないもん。孝章も大学に入ったら大学野球の練習があるだろうし、里紗は勉強で忙しくなるだろうし、今しかないもん。病院の先生は私が説得する。まだ私、頑張れるから。今のうちに家族で一緒に思い出を作りたいの」

しかし、やはり担当医からの許可は出ませんでした。

「また豊岡さんの無理やりが始まりましたね。しかし今回は、承諾することはできません。飛行機にならなければ大丈夫ですから、どこか近くにしませんか」

そう説得され、フェリーで関西旅行に行くことになりました。大阪・神戸は妻が独身時代に住んでいた懐かしい地域です。そこに家族で行くことで、妻は納得してくれました。

ただ、家族旅行の前に、孝章と里紗に言っておくことがありました。長男の宏崇はすでに知っていましたが、あとの二人には詳しいことは言ってなかったのです。

居間に子供たち三人を呼び、私はとうとう話し出しました。

「お前たちに話しておきたいことがある。母さんのことだけど、だいだい察しは付いていると思うけど、じつを言うと……もうあまり長くないと思う……」

里紗の目から涙が流れ始めている……。

「本当は、最初の入院のときにあと三カ月しかもたないと言われたんだ。だが、母さんは底なしのパワーでここまで生きてきた。孝章の高校野球の応援も行ったし、毎日の家事だって自分で一生懸命にするし、よくここまで頑張ったと思うんだ。そして二人の受験も終わったから、家族での思い出を、母さんの思い出を、一生懸命おまえたちの記憶に残してやろうとして、今度は旅行に行くって言い出したんだ。今度の家族旅行が、最後になるかもしれん……」

宏崇、孝章、里紗、三人の子供の目からあふれ出る大粒の涙。私も涙を抑えることができませんでした。

「楽しい旅にしよう。それが母さんの願いだから」

子供たちは嗚咽《おえつ》を繰り返しながら、首を縦に振って応えてくれました。

なぜこんな辛いことを子供たちに伝えなければならないのか。なぜこんな宿命を子供たちが背負わなければならないのか。どこにもぶつけようのない、その苦しさ。自分の無力を歯がゆく思いました。

二〇〇六年三月十一日。家族五人で、フェリーで大阪南港を目指しました。夜の八時に出港し、夜中の二時過ぎに瀬戸大橋のライトアップを見ながら、一路大阪南港へ。朝日が昇る頃、到着。レンタカーを借りて高野山への道のりを、たくさん話をしながらゆっくりと進みました。

高野山奥の院では、房子の命がいつまでも続くことを家族全員が祈って、私は家族の写真をたくさん撮りました。しかし、房子は悲しそうな顔をしていました。

その夜は、神戸の港の見える高級ホテルに宿泊。夜はハーバービレッジでごちそうを食べ、家族で楽しい時間を過ごし、夜も遅くまで一緒の部屋でテレビを見て冗談を言って、こんな時間が永遠に続けばいいと家族全員が思いました。

そんなとき、突然、房子が、こう言ったのです。

「とても楽しい旅行だった。パパありがとう。またみんなで旅行に行こうね。で、ついでに、やっぱり沖縄連れてって。四月に入れば海開きするよ。またみんなで旅行に行きたい」

房子の悲しい顔の理由はこれだったのです。やっぱり沖縄に行きたかったのです。まだ旅行の途中で、家にも帰り着いてない、まだ何が起きるかわからない中で、房子の生きる希望は増幅していくばかりでした。

帰って医者に相談したところ、びっくりされたものの、今度は全面的にサポートしてくれることを約束してくれました。

そして三月下旬。妻は一週間後の沖縄旅行に先駆け、栄養の点滴を一日に何度も受けて、体力をつけるために入院しました。

そんなある日、バイトを終えて宏崇が房子のところに見舞いにやってきました。

「母さん、俺たちのバンドがはじめて、長浜のライブハウスでライブすることになったから、調子よかったら見に来てよ」

「ひろくん、すごい！　長浜のライブハウスゆうたら本格的やないの。母さん見に行きたいなあ、いや絶対行くから。沖縄から帰って、また体調整えて必ず見に行くね」

「ありがとう、絶対成功させるけん。俺……音楽で食べて行きたいと思ってるんだ。母さんどう思う？」

「そうね。自分でやりたいことがあるのなら、若いうちしかできんから、それもいいかもね。ひろくんの人生だから」

「でも、父さんが認めてくれんもんなあ」

「父さんには母さんから話すから心配しないように。思いっきりやりなさい。でも途中でやめるんだったら、最初からしなさんな。本気でやんなさいよ、わかった？」

「わかった」

私の知らないところで、二人はこんな会話を交わしていたようです。

沖縄には、三月三十一日に出発。

沖縄は幸いあまり日差しが強くなく、妻にとってはしのぎやすい気温でした。

子供たちにマリンスポーツをさせ、房子もグラスボートに乗り、浜辺で南国の風に当たりながら、沖縄の海を満喫。名護のパイナップルパークでは、バード園で子供たちと一緒に小鳥と戯れ、昼食の沖縄そばや夕食のアメリカンステーキの店でも楽しい時間を過ごし、夜は夜で、楽しい南国の夜の時間を家族一緒にたっぷりと過ごしました。

次の日は、家族でヨットクルーズを楽しみました。その時間は永遠に続く幸せのように感じられ、子供たちにも私にも、これが最後の旅行になるとは、未だ信じられませんでした。

あっという間の三日間。那覇空港から飛行機に乗り込むとき、車椅子に乗った妻は小さな声で、つぶやきました。

「パパありがとう、もう悔いはないわ」

自然と涙が流れてきましたが、子供たちにはさとられないようにぬぐいながら、私は黙って車椅子を搭乗口へと進めました。

四月初旬には、妻は、里紗の高校入学式と孝章の大学入学式に車椅子で出席しました。また一つやるべきことを乗り越えた房子。妻は、その場所に自分自身がいることを確認しながら、一つ、また一つと目標を達成してきました。

スキルス胃がんを発症して、もう丸二年になります。余命三カ月の宣告など何のその。周りにいる人すべてにパワーを与え続けているのです。

＊

家族へのラブレター――――平成十八年四月中旬　病床のベッドにて
二人の受験生が春を迎えるまで……願いはかなった。

私の命がもう長くないことわかるから。
孝章も里紗も第一希望に合格できて
笑顔で春が迎えられて本当によかった。
二人ともよく頑張ったね。
お母さんも精一杯頑張ったよ。
いっぱい苦しい思い　痛い思いしたけど　精一杯
頑張ったから　だから先に死んでゆくこと
どうか許してください。
こんな病気になってしまったこと本当に悔しいけど
子供の成長を見届けられずに悔しいけど
天国にいけるなら　そこから見ることができるなら
私はずっと　皆のこと　見守っている。

パパ　沖縄旅行　夢を叶えてくれてありがとう。
本当に楽しかったよ。

どこまでも透明で青い海　ヨットでのセーリング
福岡では感じることができないであろう初夏の風を
暖かい日差しを楽しめたこと　家族五人で楽しく
過ごせたこと　本当に幸せだった。

＊

五月には、宏崇のライブが開催されました。

幸い妻は体調も悪くはなく、夜六時からライブのために会場入り。ギター、ベース、ボーカル、そして後ろに大きなドラムセットの中に宏崇がいました。

宏崇の祖母、房子の母である恵美子も一緒です。十代、二十代の若い子ばかりの中で場違いの三人組。少し気恥ずかしさもありながら、宏崇のライブを若い子たちと一緒に聞いて盛り上がりました。

ハードロックが中心の曲目のなか、ラストの曲はバラード。なかなかいい曲でした。

そのエネルギーはまた房子にプラスになったにちがいありません。

帰りの車の中で、房子は切り出しました。

「宏崇、すごく輝いていたと思わない？　すごかったね。音楽が宏崇に向いているのかもしれないね。パパ、宏崇が音楽やるのを反対みたいだけど、やりたいこと好きなことをやれるのは若いうちしかないと思うの。私、病気になってよくわかるの。やりたいことがあるなら、やれるときにするべきなの。私みたいになったら、もうできない。ねえパパ、宏崇が音楽の道に進むこと認めてほしいの。お願い」

「わかったよ。房子の言うようにしてやろう」

「ありがとう。これで私の仕事はまた一つ終わったわ」

私とのやりとりのあと、ホッと息をもらした房子。彼女は母としてやるべき仕事を確実に一つ一つ片付けていっているのです。

子供たちのために、進むべき道標をつけてやるように。

相変わらずの入退院の中、房子は家族への手紙を本格的に書き進めていました。いつ自分が倒れてもおかしくない状態にあって、できるだけ家族のために自分の気持ちを残しておこうとして……。

＊

家族へのラブレター――平成十八年五月十四日　自宅のベッドにて

宏崇と智子ちゃん（宏崇の彼女）からプレゼントをもらった。
宏崇の書いてくれた短い手紙にも気持はいっぱい
伝わったから、本当にありがとネ。
そして孝章からの手紙　嬉しかった。
お母さん死ねないね、どうしようね。
どうしてこんな病気になったんだろうね。

◆ラストステージ

発症から丸二年を過ぎた頃から、妻の中で「死」という概念との闘いが始まりました。

何をするにしても、「私はどうせ死ぬんだから、そんな気持ちは誰にもわかりはしない」という概念が付きまとい、ほんの些細《ささい》なことでも、私にきつく当たることが多くなっていきました。

それは仕方のないこと。誰も房子の今の精神状態などわかるはずもなく、強い房子であっても、もう「死」が近づいていることは、自分自身がいちばんよくわかっていたのでしょう。私が妻に対してしてやれることは、言い返さず、すべてを飲み込んであげること。してやれることは、それくらいしかありませんでした。

そんな中、私の父、忠弘ががんであることが老人検診で発見され、それも余命三カ月と宣告されました。房子は、そんな父のお見舞いに行きたいと言ってきかず、家族全員で病院に向かいました。

ベッドに横たわった父に、車椅子の房子が近寄って、

「お父さん、房子です。一緒に頑張りましょう」

と言うと、父は大きな目を見開いて、

「房子ちゃんか。おおー、よう来たな。頑張っとるな。爺さんも頑張るけんな……。

房子ちゃんまだ子供がおるんやから、頑張らな」

房子の手を取り、何度も何度も、

「生きなさい、生きなさい。あんたはまだ若いんやから……。わしはもうダメと思うけど……でもな、わしもばあさんのために、もう少し頑張るけん。房子ちゃんも一緒に頑張ろう」

「はい、お父さんもしっかりしてくださいよ」

「わかっとるよ……」

房子が手を握ると、父はすうっと眠りに落ちていきました。

それから一カ月後の七月二十一日早朝、父が亡くなりました。

発病して三カ月。あっという間でした。もしかしたら、房子の病の分まで一緒に持っていったのか。あまりに突然の死は、何かを意味しているのか、房子に命を分けてくれたのか、とも思いました。

妻は、相変わらずの入退院の繰り返し。

季節は夏。夏休みに入っていました。里紗が夏休みで家にいることが多くなり、房子も嬉しそうです。

八月三日は、房子四十八歳の誕生日。妻にパジャマをプレゼントしましたが、選ぶのがとても難しかった。最近は本当に生きていることが辛そうで、些細なことでも苛立つようになっていました。
それでも妻はちゃんと毎日子供たちに三食を作り続けていました。本当に母の力は無限です。

*

家族へのラブレター――平成十八年八月十一日　自宅のベッドにて

病気になって　大嫌いだった夏が好きになり
朝の蝉《せみ》時雨、眩しい太陽、焼き付ける日差し、子供の声
遠い昔が甦《よみがえ》って来る　子供の頃の夏休み。
そして私の子供が幼い頃の夏　ご飯の用意が大変で
夏休みが終わるとほっとしていた。

でも今は　子供達がいてくれる日がうれしい。
ご飯が作れることがうれしい。

＊

九月、がんとの闘いはもうラストステージに突入しようとしていました。抗がん剤が効かなくなってきて、痛みを和らげる薬を使わざるをえなくなりました。

毎日の痛みと闘い、身体がいうことを利かなくなって、妻が考えることはいつも「死」ばかり。なぜこんなに辛い思いをしなければならないのか、早く行かせてほしい、と自暴自棄になることがつねで、私には、かけてやる言葉がもうなくなりかけていました。

本当に、死なせてやったほうが、房子にとって楽なのかもしれない……と思うことはしばしば。「安楽死」という言葉の意味の重さが、私にのしかかってきました。

死と向き合うというのは本当に辛いものであり、本当に難しい……。

＊

家族へのラブレター――平成十八年九月十六日　病院のベッドにて

やらなければならないことをやっていても体が動かないし
きりがないし　なんだか悲しい気持ちになるばかりだから
病気になっていろんなことが見えてきて感謝の気持ちで
いっぱいだったのは一年くらい　そのあとは綺麗《きれい》ごとでは
ない現実しか見えなくて
私なんてもう生きていたって足手まといになるだけ。
死ぬ前にせめて母親らしいことしてあげたくて
つらい体で頑張ったって心ない言葉しか返ってこない。

神様なぜ　私をこんなになってまでも
生かし続けるのでしょうか。

早く楽にしてください。

もう私は生きている意味もないのです。

＊

夏が過ぎてから、姉の弘子が頻繁に房子のところに訪れるようになりました。

弘子と房子は双子。やはり気持ちの通じ合えるところがきっとあるのでしょう。姉が来てくれるようになって、房子の気持にずいぶんと変化が見られるようになってきました。それまで「死」という文字しか頭にない房子に、「希望」という言葉がふたたび甦ってきたのです。

私に対しての言葉も、まったく違ったものになってきました。

何かから解き放たれたのか、とても清々《すがすが》しい顔つきになりました。

義姉には感謝のしようがありません。

＊

家族へのラブレター――平成十八年九月二十一日　病院のベッドにて

庭に「赤いはなみずき」を植えてほしい。
私の子供達への思い
君の夢がちゃんと叶いますように。
君と好きな人が百年続きますように。
そんな思いを込めて。

◆最後の闘い

房子は自分が死んだあとの家を想像して、家のあちこちの飾り付けや補修、庭の改修など矢継ぎ早に、私に頼みごとをするようになりました。

ただ、病状のほうはひどくなるばかり、入退院を繰り返しながら、毎日鎮痛剤を身体に入れて痛みをとることしかできなくなってきていました。

これ以上病院にいても薬との闘いが続くばかり。どうせ闘うのなら、家族のもとで闘いたいと、妻は自宅療養を医者に懇願しました。担当医は意外とあっさり許可を出してくれました。

それが意味するものは、もう時間がないということ……。

「おそらく、もう年末まではもたないと思います。次に家で倒れたときは、それが最後と思ってください。生きているのが奇跡に近いのですよ」

担当医は最後にこう付け加えました。

それを知ってか知らずか、自宅へ向かう車の中、

「やっぱり家に帰るって最高の気分だね。うれしい……」

妻は安堵《あんど》の表情を浮かべていました。

*

家族へのラブレター――平成十八年十月十五日　自宅のベッドにて

弘子姉さんとメールをはじめて　いろいろ姉に教えてもらって
私の心はとても楽になった。
病気とともに縮んでしまっていた心がふっと軽くなり
変かもしれないけど　夢を持てるようになりました。
生まれてから出会った人達にされたことすべて忘れて
感謝しなさいと言われたときに　私の狭い心を
わかっていながらできなかったことを　指摘されたことで
言いようのない有難さを感じました。
今、本当に素直な気持ちでいられます。
本当にみんな　ありがとう。
私は生まれてきて　たくさんの人達と巡り合い
その人たちに支えられてこんなに幸せな一生を
おくることができました。
本当にみんなのおかげです。
もう、なにも思い残すことはありません。

子供達も必ず幸せになれると　なにも心配はないと
信じているから。
頑張って、頑張って生きていこうね。
わたしの大切な三人の宝物。

ありがとう弘子お姉さん　また必ずどこかで会えるね。
お父さん　お母さん　恵お姉さん　悲しまないでね。
私はもうなにも怖くないから、きっと幸せになれるから。
今までほんとうにありがとう、私の葬式のことよろしく
お願いします。

パパ　最後までごめんね　わがまま許してね。
私の葬式は真言宗でしてもらえますか、ほんとうに最後のお願いです。
どうか、故人の希望をかなえてください。
今まで本当にありがとう。

*

そして十一月三日、とうとうその日がやってきました。

いつものように朝五時に起きて里紗の弁当をつくっていたとき、妻の身体がよろめき始めたのです。突然のしびれとめまい……。

「パパ、もう限界みたい。今日入院するから、病院の先生に電話してくれる?」

覚悟はしていたものの、そのときは突然やってきたのです。

流れてくる涙を抑えることができずにいると、妻は、お願いがあると青い水玉のノートをベッドの枕の下から出してきました。

「私が死んだらこのノートを読んでちょうだい。子供たちとお父さんお母さんたちにも読んでもらって。そしてこの写真は私のお葬式の遺影に使って……。パパ……今日までありがとう」

家を出る妻の顔は、いつもの入院のときとは違っていました。

家のすべてのものを愛《いと》おしそうに眺め、かわいがっている猫たちを抱いて一匹ずつ頬ずりをし、一緒に玄関を出ました。妻は門のところで立ち止まり、自分の家を見上げ、玄関につないでいた番犬の「たろう」の頭をしっかりとなでて、決意したように一歩を踏み出しました。

「パパ、行こう……」

まさに最後の闘いが待っていることを覚悟した顔でした。

もう帰れないと覚悟してのわが家からの外出です。

「また戻ってこようね」

そんな言葉をかけてみても、妻には聞こえたのか聞こえなかったのか……。車は静かに病院へと進み始めました。

病院に着くと、さっそく延命治療が始まりました。

もう痛み止めでは、がんの痛みを抑えることは不可能になっていました。あとは、いつ鎮静剤を使い始めるか……。しかし、それを使い始めるということは、段々と記憶がなくなり、意識がなくなり、そして死を待つということとイコールなのです。

この決定は、本人自身に委ねられます。入院から二日後、妻は鎮静剤を打ち始めることを、担当医に同意しました。

妻は家族のために、子供のために、もう十分頑張ってくれました。二年半も頑張ってくれたのです。もうこれ以上痛みとの闘いを続けさせるのは酷なことです。やっとその苦しみから解き放たれるときが来たのです。

◆旅立ち

鎮静剤を打ち始めて三日目から薬が効いてきたらしく、それまでのがんの痛みから解き放たれた昔の明るい妻に戻っていました。天真爛漫な、子供のような房子になって、里紗と一緒に遊んだり、冗談を言い合ったり、この二年半のがんとの闘いがうそのような日々が一週間続きました。

そして十一月十日、とうとう意識が遠くなり、起きている時間はなくなりました。長男の宏崇の願いだった、房子にオリジナル曲を聴かせることは、間に合いませんでした。でもまだ、耳は聞こえているのかもしれない……。

翌日、宏崇がバンドメンバーの車に乗って、大きなＣＤラジカセを抱えて病室に飛び込んできました。

「母さん、俺たちのオリジナル曲できたよ。母さん……聞こえる?」

房子はかすかに聞こえているのか、宏崇が房子の手を握ると握り返しました。

「母さん、聞いてくれる? 曲名はね、『桜日和』っていうんだ」

宏崇は房子の手を握り、ラジカセのスイッチをONに。

「……桜の、舞い散る、そんな季節の中で……」

ゆっくりとしたバラードが流れ出しました。

「お母さん、お母さん、聞こえる? わかる?」

と言いながら、宏崇は大粒の涙を流していました。付き添っている房子の母、美恵子も横で泣いていました。

すると、房子の目からも涙が……。

「宏崇、ありがとう、頑張るんだよ」

と口には出せないけれど、きっとわかっていたのでしょう。

「桜日和」――それは、宏崇が母と一緒に見た、桜のことだったのかもしれません。

そして房子は、薄れゆく記憶の中で、宏崇と一緒にいつか見た桜を見ていたのかもしれません。

昏睡《こんすい》状態が続いて一週間たった十一月十七日。

その日も前日どおり、何も変化ない状態で、私は五日ほど会社を休んでいたこともあって、房子の看護を子供たちと房子の両親にまかせて出社しました。朝の会議を終えたとき、次男の孝章から携帯に着信がありました。

「父さん、お母さんがおかしい。心臓が止まりそうなんだ。帰ってきて！」

私は、車で病院に向かいました。

「最後まで一緒にいるはずだったのに。なぜこんなときに……。死ぬな、待ってろ！」

車を飛ばして、病院まであと五分というところまで近づいたときでした。ふたたび、孝章からの電話が鳴りました。

「お父さん、今どこ？」

「もうすぐだ」

「もう、心臓が止まったり、動いたり……。もうだめだよ……」

「孝章、お前の電話を母さんの耳元に当てろ」

私はそう言うや、大きな声で叫んでいました。

「ふさこぉー！　ふさこぉーー！　今から行くから死ぬなー‼」

すると、心拍計がいきなり元に戻り、また心臓が動き出したといいます。

私は病院に到着すると、全速力で妻の病室に向かいました。

まだ心臓は動いていました。

家族親族みんなが大粒の涙を流し、里紗は房子の手を頬にすり付けて大声で泣いていました。私は妻のそばに近づき、膝《ひざ》をついて手を握って声をかけました。

「房子……待っていてくれたんだね。よくここまで頑張ったな……。もう楽になっていいよ。本当にありがとう、本当にありがとう」

そのとき、妻の目から一筋の涙がこぼれました。

そして……房子は永遠の眠りにつきました。安らかな顔をして。

二年半のとても長い、妻にとってはとても凝縮した時間でした。妻ができることは十分やったのではないかと思います。

妻を見送ったあと、私たちのもとには、あの青い水玉のノートが残りました。

「私の命がいつ消えるか分からない中で、夫へそして子供達へそしてお世話になった方へ」
そんな言葉で書き出されている、そのノートには、房子の生きた証しとこぼれるほどの愛がいっぱいに詰まっていました。
そして、これが最後の言葉です。

*

――みなさん　本当にありがとうございました。
ことばにはできないけれど
こんな幸せに最期を過ごすことができて何よりうれしいです。
感謝しています。

ありがとうございました。

房子

あとがき

心をつなぐ共感のぬくもり

今回、私は新井 満さんとの出会いを得て、本書に登場してくださった六人の方々に出会うこととなった。その方たちがフジテレビの募集に対してお寄せくださった体験記には、六人六様の切ない想いが縷々《るる》つづられていた。

体験記をご自身の手で書かれたというのは、ご本人にとっては大きな意味があることだったと思う。言葉のひとつひとつ、体験のひとこまひとこまに、他者には計り知れない万感の思いが込められているはずである。そんな体験記をまとめ直すという作業に、私は責任の重さを感じずにはいられなかった。

見ず知らずの相手である私に、はたして心を開いて心の痛む体験を話していただけるのか。正直なところ、不安な気持ちをかかえての取材だった。しかし私が想像した以上に、皆様は心のうちを率直に話してくださった。おそらく、そうして思い出を話すことが亡くなった方がたしかな人生を生きていた証しであり、語り手がその人を今も大切に想っている証しだったからだと思う。ときに涙し、ときに静かに心の整理をつけるように、どなたも飾らずに体験を話してくださった。なかには、新たに長い体験記をお書きくださった方もいらした。

印象に残ったのは、喪失の悲しみは悲しみとして抱えながらも、どなたも自分自身の人生をしっかりと歩んでいるということ。悲しみを乗り越えた人の心は、それまでは見過ごしていた思いやりや優しさを感じとれるようになる。多くの人に支えられ、ともに今という時を生きていることを改めて実感したりもする。愛と感謝の思いを胸に刻み、よりよく生きようとしていらっしゃるその姿勢に励まされ、私はたくさんの勇気をいただいた。

『千の風になって』から悲しみを乗り越える力をもらったという六人の方々。今度は、その方たちの手記が読者の皆様に前へ進む勇気を与えてくれるに違いない。こうやって私たちの間に広がっていく共感のぬくもり――それがあるいは、「千の風」なのかもしれない。

二〇〇八年　秋

伊東ひとみ

『千の風になって』関連作品紹介

～風は吹きわたる。かたちを変えて、ジャンルを越えて～

写真詩集

『千の風になって』

作者不詳　日本語詩:新井 満
講談社
定価:1,000円(税別)

悲しみの中で読みつがれてきた、一篇の詩があった。全国に感動の風と反響を起こした「千の風」現象の原点とも言える写真詩集。

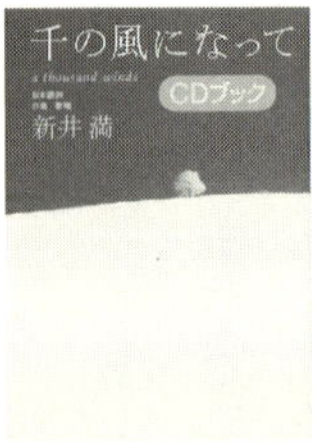

写真詩集
＋
CD

『千の風になって CDブック』

日本語詩・作曲・歌唱:新井 満
講談社
定価:1,800円(税別)

喪失の悲しみをいやし、生きる勇気と希望を与えてくれる〝死者からのメッセージ〟とともに、新井満の歌う名曲『千の風になって』を。

ルポルタージュ

『千の風にいやされて　あとに残された人々は、悲しみをどうのりこえたか』

監修:新井 満
著者:佐保美恵子
講談社
定価:1,300円(税別)

死別。
その悲しみの底から再生した人たち。
インタビューをもとに綴る、感動のルポルタージュ。

絵本詩集

『千の風になって ちひろの空』

日本語詩:新井 満
絵:いわさきちひろ
講談社
定価:1,000円(税別)

大切な人を亡くしたとき……。

悲しみをこえて生きる勇気を与えてくれる〝いのちの詩〟に、ちひろの絵がつきました。

絵 本

『絵本　千の風になって』

著者:新井 満·文　佐竹美保・絵
理論社
定価:1,300円(税別)

愛の永遠を高らかにうたいあげる〝究極のラブ・ストーリー〟。ベストセラー「千の風になって」(講談社)で感動を呼んだレイラの物語が絵本になりました。

エッセイ集

『死んだら風に生まれかわる』

著者:新井 満
河出書房新社
定価:1,300円(税別)

新井 満が贈る自選随筆集・第1弾。
上手な〝死に支度〟のススメ。

エッセイ集

『死んだら星に生まれかわる』

著者:新井 満
河出書房新社
定価:1,300円(税別)

新井 満が贈る自選随筆集・第2弾。
人生を楽しむための案内書。

CD
シングル

『千の風になって』

訳詞・作曲・歌唱:新井 満
ポニーキャニオン
定価:1,000円(税込)

悲しみをこえて生きる勇気を与えてくれる〝いのちの歌〟。作家・新井 満が翻訳、作曲、歌唱したレコード史に残る名盤。

※その他、秋川雅史、新垣 勉、中島啓江、加藤登紀子、スーザン・オズボーン(英語)、ZERO(韓国語と日本語)、李広宏(中国語と日本語)など100人以上のアーティストによって、『千の風になって』は歌い継がれています。

CD
アルバム

『千の風になって〜再生〜』

歌唱:新井 満
ポニーキャニオン
定価:2,625円(税込)

故人の人生をオマージュし再生を祈る感動のアルバム。「黄昏のビギン」「川の流れのように」など全11曲。

CD
アルバム

『千の風になって　スペシャル盤』

企画プロデュース:新井 満
ポニーキャニオン
定価:2,625円(税込)

悲しみをこえて生きる勇気を与えてくれる〝いのちの歌〟を、著名アーティストたちが歌と演奏でつづります。新井 満、中島啓江、新垣 勉、日野原重明LPC混声合唱団など。

CD
アルバム

『千の風になって メモリアル盤』

企画プロデュース:新井 満
ポニーキャニオン
定価:2,625円(税込)

音楽葬や偲ぶ会のBGMに。『千の風になって』のメロディーを、オーケストラ、チェロ、パイプオルガン、オルゴールなど各種のインストで綴ります。

DVD

『千の風になって〜四季〜』

歌唱・朗読:新井 満
ポニーキャニオン
定価:2,940円(税込)

日本の美しい四季の映像にクラシックの名曲がつきました。新井 満の朗読にも注目。

楽譜

『千の風になって』

日本語詩・作曲:新井 満
ヤマハミュージックメディア
(ピアノソロ／女声三部合唱／混声四部合唱)
定価:840円(税込)
(ピアノ&独唱・独奏ミニアルバム)
定価:630円(税込)
(ギター弾き語りピース)
定価:630円(税込)　　　　他各種

感動の旋律をあなた自身の手と声で再現。CD発売時から問い合わせの続いた待望の楽譜、続々とリリース。

お香

『千の風になって』

学校法人平安女学院 法人本部総合企画部
千の風チーム　㊐075-414-8110
ギフトセット　定価:3,000円(税込)
香立てセット　定価:1,200円(税込)
ハンディタイプ　定価:900円(税込)

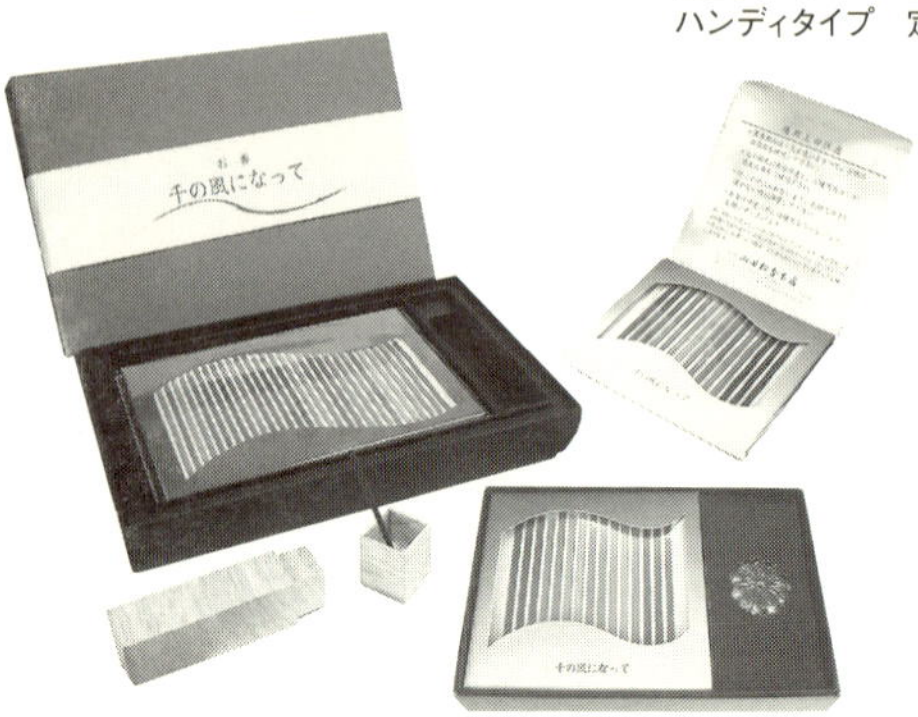

新井 満氏の講演に感動した女子学生たちの熱心な声によって商品化。平安女学院の学長と京都の老舗香木店が全面協力。※売上金の一部は社会貢献活動を応援するため、千の風・基金に寄付されます。

清酒

『千の風』

題字:新井 満
塩川酒造　㊐025-262-2039
(大吟醸)1.8ℓ:8000円　720mℓ:4000円
(吟醸酒)1.8ℓ:2500円　720mℓ:1250円
(普通酒)1.8ℓ:1900円　720mℓ:970円

ラベルは新井氏直筆の題字、デザインは世界的なデザイナー・鈴木八朗氏によるデザイン。芳醇でありながら爽やかで、気品のある味わい。
※売上金の一部は社会貢献活動を応援するため、千の風・基金に寄付されます。

モニュメント

『千の風になって　名曲誕生の地　大沼国定公園』

北海道亀田郡七飯町／千の風・プロジェクト実行委員会

新井 満氏が大沼湖畔にある森の家で『千の風になって』の作曲を行ったことから、七飯町は、名曲『千の風になって』誕生の地として、七飯町大沼のイメージアップと観光客誘致を目指す「千の風・プロジェクト」を発足させせました。

その第1弾として、大沼国定公園内に名曲誕生の地を記念するモニュメントを設置。駒ヶ岳、大沼湖上に点在する無数の島々、そして森。どうぞ千の風に吹かれながら大自然の美しい景観をお楽しみ下さい。函館空港から車で約1時間。大沼観光協会　㊂0138-67-3020

【フジテレビ「千の風になって」プロジェクトとは】

〝千の風〟の感動を皆様にお伝えしようと企画されたのが、フジテレビ「千の風になって」プロジェクトです。新井 満氏による日本語訳詩・作曲の楽曲『千の風になって』の世界観を、テレビドラマ、ドキュメンタリー番組、情報番組など様々な形で人々の心へお届けする、全く新しい形のプロジェクトです。

同プロジェクトの目玉企画として、実際のエピソードをもとに制作するのが「千の風になって　ドラマスペシャル」です。番組のテーマは「生と死と命」、テーマソングは秋川雅史氏が歌う『千の風になって』です。視聴者からの体験談や関連エピソードなどの「千の風・体験」を、番組内やホームページ上で公募しています。

ドラマスペシャル第一弾

「家族へのラブレター」 2007年8月3日放送

企画：新井 満、和田 行（フジテレビ）、吉田 豪（フジテレビ）　脚本：清水曙美

プロデューサー：森川真行　演出：福本義人

制作：フジテレビ、ファインエンターテイメント

※このドラマは、応募いただいた3884通の中から映像化したものです。本書の中の「家族へのラブレター」は、このエピソードを応募くださった豊岡氏が本書用に書かれた体験記をもとに、文章化したものです。

ドラマスペシャル第二弾「ゾウのはな子」　2007年8月4日放送
ドラマスペシャル第三弾「はだしのゲン」　2007年8月10、11日放送
ドラマスペシャル第四弾「実録ドラマ　死ぬんじゃない～宮本警部が遺したもの～」　2008年2月15日放送
ドラマスペシャル第五弾「なでしこ隊～少女達だけが見た〝特攻隊〟封印された23日間～」　2008年9月20日放送

DVD
千の風になって
ドラマスペシャル
「千の風になって・
家族へのラブレター」
発売元：フジテレビ映像企画部
販売元：ポニーキャニオン
価格：¥3,990（税込）
©2008 フジテレビ映像企画部

DVD
千の風になって
ドラマスペシャル
「ゾウのはな子」
発売元：フジテレビ映像企画部
販売元：ポニーキャニオン
価格：¥3,990（税込）
©2008 フジテレビ映像企画部

DVD
千の風になって
ドラマスペシャル
「はだしのゲン」
発売元：フジテレビ映像企画部
販売元：ポニーキャニオン
価格：¥5,985（税込）
©2007 フジテレビ

CD
千の風になって
ドラマスペシャル
「はだしのゲン」
オリジナルサウンドトラック
発売：ポニーキャニオン
価格：¥2,100（税込）
©ポニーキャニオン

放送 ドキュメンタリー・ドラマ「千の風になって」体験・募集

～あなたの〝千の風・体験〟お寄せください～

今、不思議な〝風〟が、日本中を吹きわたり、感動の嵐をまきおこしています。『千の風になって』（日本語訳詞と作曲、新井 満）です。

大切な人を亡くし、絶望のどん底におとされた時、多くの人々は言います。

「この歌によって癒されました……」

「悲しみをこえて生きる勇気と希望をもらいました……」と。


あなたはこの歌を、どんな時、どんなふうにお聴きになりましたか？ そしてどう感じられましたか？ あなたとあなたの周囲で実際におこった、あなたの〝千の風・体験〟をお寄せください。

皆さまと一緒に〝生と死と命〟について考えていきたいと思います。


（募集要項）

募集するのはあなたの〝千の風・体験〟です。

「千の風になって」に癒されたという具体的なお話。ご自身の体験談や、身近な方々のエピソードも含まれます。ただし、周囲の方々のお話の場合は関係者の同意を得てからご応募下さい。

必要事項：お名前・性別・年齢・職業・電話番号・住所・メールアドレス（お持ちの場合）
文字数：800字以内。後ほど詳細についてお伺いする場合がございます。
応募あて先：〒119-0188　フジテレビ「千の風になって」係

※みなさまの個人情報につきましては、弊社番組スタッフから詳しいお話をお伺いする際のご連絡に使用させていただきます。フジテレビ社内規定に基づき、適切に管理を行いますので、ご本人の同意なく第三者に提供、又は開示することはございません。

応募にあたり①頂いたお手紙、資料等は返却出来ません。また、ドキュメンタリー・ドラマの候補作に選ばれた方には、番組スタッフからご連絡を取らせて頂き、詳しいお話をお伺いいたします。
②あなたの〝千の風・体験〟が映像化された場合には謝礼を差し上げます。
③周囲への影響を考慮し、映像化にあたりご相談の上、体験談やエピソードの設定などを一部変更させて頂く場合がございます。
④選ばれたあなたの体験談やエピソードに関する映像化の権利はフジテレビに属します。

監修　新井 満

作家、作詩作曲家、写真家、環境映像プロデューサー、
長野冬季オリンピック開閉会式イメージ監督など、多方面で活躍中。
1946年新潟市生まれ、上智大学法学部を卒業後、電通に入社。
在職中はチーフプロデューサーをつとめた。
小説家としては1988年『尋ね人の時間』で芥川賞を受賞。
2003年11月に発表した写真詩集『千の風になって』(講談社)と、
それに曲を付け自ら歌唱したCD『千の風になって』(ポニーキャニオン)は
現在もロングセラーを続けている。
同曲によって2007年レコード大賞作曲賞を受賞。
日本ペンクラブ常務理事として、平和と環境問題を担当。
著書多数。
近著に、『自由訳 般若心経』『自由訳 イマジン』『自由訳 老子』(以上朝日新聞社)、
『自由訳 十牛図』(四季社)、CDブック『プーさんの鼻のララバイ』(共同通信社)
『良寛さんの愛語』(考古堂)などがある。
詳しくは、公式サイト「マンダーランド通信」へ
http://www.twin.ne.jp/~m_nacht/

取材・文　伊東ひとみ

1957年生まれ。奈良女子大学理学部卒業。
京都大学木材研究所を経て、奈良新聞社勤務。
新聞記者として文化面を担当する。その後、上京して編集の仕事をする。
『ペントハウス』（講談社）、『SPA！』（扶桑社）などの雑誌編集をはじめ、
ムックや単行本編集を手がける。2004年春に伊豆に拠点を移し、
伊豆と東京を行き来するスタイルで仕事をしている。
現在は、ムック『京都』（扶桑社）のカルチャー特集をレギュラーで編集しているほか、
単行本・文庫本の執筆や編集にたずさわっている。
主な仕事に、ロリー・ヘギ著『みじかい命を抱きしめて』、
アシュリー・ヘギ著『アシュリー』、高円宮妃久子殿下著『宮さまとの思い出』、
日野原重明著『夢を実現するチカラ』（以上扶桑社）などがある。

【出版スタッフ】
装　　幀　坂川栄治＋田中久子（坂川事務所）
ＤＴＰ制作　菊谷悦子（ヴァニーユ）
編　　集　井関宏幸（扶桑社）
写　　真　アマナイメージズ
カバー写真　©MASAAKI TANAKA/SEBUN PHOTO/amanaimages
P12、13　©Toshihiko Horiguchi/amanaimagesRF/amanaimages
P48、49　©2004 Frank Bean/UpperCut RF/amanaimages
P78、79　©KAZUYA TANAKA/amanaimagesRF/amanaimages
P106、107　©imagewerksRF/amanaimages
P134、135　©Fujio Nakahashi/amanaimagesRF/amanaimages
P168、169　©AID/amanaimages

わたしたちの千の風になって

2008年9月19日　初版第1刷発行

監　　修：新井 満
取材・文：伊東ひとみ
編　　者：フジテレビ「千の風になって」プロジェクト
装　　幀：坂川事務所
発 行 人：片桐松樹
発 行 所：株式会社扶桑社
〒105-8070　東京都港区海岸1-15-1
TEL.03-5403-8859（販売）
TEL.03-5403-8870（編集）
http://www.fusosha.co.jp/

企画協力：フジテレビジョン、ファインエンターテイメント
印刷・製本　共同印刷株式会社

ISBN978-4-594-05743-5　Printed in Japan　JASRAC 出0810754-801